그곳은 기분 좋은 카페였으며
나는 코트에서 노트와 연필을 꺼내
글을 쓰기 시작했다.

—어니스트 헤밍웨이—

씀

책속의 한줄 지음

더스토리

차례

둘, 여름을 쓰다

셋, 가을을 쓰다

넷, 겨울을 쓰다

일러두기

1. 이 책에 소개한 작품들은 해당 도서를 출판한 출판사의 동의를 얻어 실었습니다.

2. 작품 수록을 허락해준 출판사는 '더클래식(더스토리), 열린책들, 부키, 살림, 카시오페아, 흐름출판, 다산책방, 책비, 책세상'입니다.

3. 국립국어원 외래어표기법에는 '도스토옙스키'가 맞지만 이 책에 실린 열린책들의 《죄와 벌》표기에 맞춰 '도스또예프스끼'로 표기했습니다.

매일
행복할 수는
없지만

행복한 일은
매일
있습니다

빛나는 하루가 모여 삶이 되듯이 매일매일 나에게 하루를 선물
해보세요. 이 책은 매주 한 명의 작가와 작품을 선정하여 그에 얽
힌 이야기를 소개합니다. 그리고 하루하루 주옥같은 명문장을 뽑
아 실었습니다.

채워지지 않은 공간에 글이 주는 울림이나 나의 하루를 자유롭
게 써보세요. 작가들의 인생과 문장을 통해 나를 보고 내 마음을
쓸 수 있는 시간이 될 거예요.

삶의 주인은 자신입니다. 자신의 선택에 책임을 지며 자신을 사
랑하세요. 이 책을 조금씩 따라가면 나에게 하는 말소리가 도담
도담 나의 내면을 치유하고 나를 찾아가게 할 것입니다.

하나,
봄을 쓰다

어쩌다 어른이 되어버린 우리에게 들려주는
생텍쥐페리의 아름다운 이야기를 아시나요?
바로 전 세계인의 마음속에서 잊히지 않는 왕자,
《어린 왕자》입니다.
다시 봐도, 참 신비한 책입니다.
어려운 단어도, 문장도 없는데 이 짧은 이야기에
살면서 깨달은 수많은 순간이 녹아 있습니다.
그저 읽는 것만으로도 내 안의 숨어 있던,
진정한 나를 찾는 기분입니다.
"가장 소중한 것은 눈에 보이지 않아."
책의 줄거리보다도 더 오래 남은 이 구절처럼,
눈앞에 놓인 인생을 사느라
잊히고 잃어버린 가치를 돌아봅니다.

어린 왕자

생텍쥐페리
1900년 6월 29일~1944년 7월 31일

-더클래식-

별이 아름다운 것은 눈에 보이지 않는
꽃 한 송이가 있기 때문이에요.
그리고 사막이 아름다운 것은 어딘가에
오아시스를 숨기고 있기 때문이죠.

네가 나를 길들인다면 우리는 서로 필요한 존재가 되는 거야.
나는 너한테 세상에 하나밖에 없는 사람이 되는 거고,
너는 나한테 세상에 하나밖에 없는 여우가 되는 거지.

너한테 장미가 그토록 소중한 것은
네가 장미에 공들인 시간 때문이야.

어른들 모두 처음에는 어린이였다.
그러나 대부분 그것을 기억하지 못한다.

내가 보고 있는 이것은 껍데기에 지나지 않아.
가장 소중한 것은 눈에 보이지 않거든.

하나. 봄을 쓰다

아저씨는 엉터리예요. 꽃들은 연약하고 순수해요.
자신을 지키려는 것뿐이라고요.
가시가 있으면 무섭게 보이니까요.

세상에서 가장 어려운 일은
사람의 마음을 얻는 일이란다.

정말 다사다난한 인생을 산 이가 있습니다.

스페인 내전 한가운데에서 장군의 목숨을 구하고,

핵폭탄 제조의 실마리를 제공하고,

마오쩌둥의 아내를 살리고,

블라디보스토크로 노역을 갑니다.

심지어 김일성, 김정일과도 인연이 있다니!

《창문 넘어 도망친 100세 노인》의 주인공 알란입니다.

모두가 다 아는 역사의 순간에 우연히 등장하여

역사의 한 페이지가 된 이 노인은

100세 생일을 앞두고 도망칩니다.

아직도 보고 느낄 게 많다고 말이죠.

하고 싶은 것은 많지만 이것저것 핑계만 쌓여가나요?

그럼, 이 노인을 생각해보세요.

100년을 살았는데도 여전히 궁금하고 도전하는 그를요.

창문 넘어 도망친 100세 노인

요나스 요나손

1961년 7월 6일~

-열린책들-

인생이라는 긴 여행은 참으로 흥미진진했지만,
이 세상의 그 무엇도, 어쩌면 인간의 어리석음은
예외일 수 있겠지만, 영원할 수는 없는 법이다.

일들이 일어나는 대로
흘러가는 대로 놔둬야지.

어렸을 때는 자기가 늙으리라고는 상상도 못해!
너무 걱정하지 마! 괜히 고민해봤자 도움이 안 돼.
어차피 일어날 일은 일어나는 거고 세상은 살아가게 되어 있어!

왜 사람들은 항상
세상을 이전과 정반대로 바꾸려고 애를 쓰는 건지
도무지 이해가 되지 않는다.

나도 모르겠어.

하지만 우리가 긍정적인 사고를 발휘한다면

이 문제는 저절로 해결될 거야.

세상만사는 그 자체일 뿐이고,
앞으로도 무슨 일이 일어나든 그 자체일 뿐이란다.

소중한 순간이 오면 따지지 말고 누릴 것.
우리에게 내일이 있으리란 보장은 없으니까.

바쁜 일상 속에서 결핍을 느끼던 저자 미치 앨봄.
그는 루게릭병을 앓으며 죽음을 앞두고 있는
대학 시절의 은사 모리 교수와 재회합니다.
매주 화요일, 그는 모리 교수를 찾아가
가족, 죽음, 사랑 등을 주제로 인생을 이야기하죠.
모리 교수가 들려주는 삶과 죽음에 대한 수업은
전 세계 독자들에게 잃어버린 것을 찾아가게 하는
자기 성찰의 과정이었습니다.
헤어짐과 죽음을 통해 진실하고 영원한
깨달음을 전해준 모리 교수.
마지막까지 스승이었던 그의 가르침은
당신에게 어떻게 다가오시나요?

모리와 함께한 화요일

미치 앨봄
1958년 5월 23일~

-살림-

내가 이 병을 앓으며 배운 가장 큰 것을 말해줄까?
사랑을 나눠주는 법과 사랑을 받아들이는 법을 배우는 게
인생에서 가장 중요하다는 거야.

내가 고통을 당하고 보니
고통을 겪고 있는 사람들이 전보다 더욱 가깝게 느껴지네.

미치, 어떻게 죽어야 할지 배우면
어떻게 살아야 할지도 배울 수 있어.
일단 죽는 법을 배우게 되면 사는 법도 배우게 된다네.

가족 말고는 사람들이 딛고 설 바탕이나 안전한 버팀목이 없어.
가족의 뒷받침과 사랑, 애정과 염려가 없으면
많은 걸 가졌다고 할 수 없지.

마음속에서 우러나오는 일들을 하라고.

그런 일들을 하게 되면 절대 실망하지 않아.

질투심이 생기지도 않고 다른 사람의 것도 탐내지 않지.

죽음은 생명을 끝내지만,
관계까지 끝내는 것이 아니다.

우리가 하지 않은 일들에 대해서는 용서해야 한다.
자꾸 나 자신을 채찍질하지 말고 나에게도 관대해지고,
나에 대한 용서가 필요하다.

1919년, 어느 무명작가가 쓴 한 청년의 성장 일기.

청년들 사이에서 성경으로 여겨지며 폰타네 상까지 수상합니다.

《젊은 베르테르의 슬픔》에 맞먹는 뜨거운 반응을 일으킨

이 책의 이름은《데미안》입니다.

하지만 무명작가 '에밀 싱클레어'는 긴 시간 동안 밝혀지지 않죠.

이에 평론가들은 문체를 분석하며 작가를 추적하고,

곧 독일의 대문호 헤르만 헤세라는 사실을 밝혀냅니다.

1차 세계대전 이후 새로운 출발을 결심한 헤르만 헤세는

내면의 선과 악을 싱클레어와 데미안에 비유하여

치열한 내면의 성장 기록을 써내려갑니다.

새가 알을 깨고 나오기 위해 노력하듯

《데미안》을 집필하며 자신의 내면을 깨고 나와

한층 더 성숙된 자아를 확립한 헤르만 헤세.

흔들리는 청년들에게 길을 제시하는《데미안》을 읽으며

나를 찾아 떠나봅니다.

데미안

헤르만 헤세

1877년 7월 2일~1962년 8월 9일

-더클래식-

내 안에서 솟아 나오려는 것,
바로 그것을 살아보려 했다.
왜 그것이 그토록 어려웠을까.

우연이란 없다.

뭔가를 간절히 필요로 하던 사람이 그것을 발견했다면

그것은 자기 자신이, 자신의 소망과 필연이 그곳으로 이끈 것이다.

새는 알에서 나오려고 투쟁한다.

알은 세계다.

태어나려는 자는 하나의 세계를 깨뜨리지 않으면 안 된다.

우리가 어떤 사람을 미워하는 것은 그의 형상 속에서
우리들 자신의 내부에 숨어 있는 뭔가를 미워하기 때문이지.
우리 내부에 존재하지 않는 것은
우리를 진정으로 흥분시키지 못하는 법이니까.

소원을 이루고 싶다는 소망이 확고하다면 반드시
이룰 수 있을 거예요. 하지만 지금 당신은 소원하면서도
마음 한 편에서는 후회하고 두려워하죠.
이 모든 것을 극복할 수 있어야 해요.

그는 사랑을 하며 자기 자신을 발견했다.
그러나 대부분의 사람은 사랑을 할 때
자기 자신을 잃어버린다.

말뿐인 이야기는 아무런 가치가 없어.

조금도 가치가 없단 말이야. 자기 자신에게서 멀어질 뿐이야.

사람은 거북이처럼 자기 안으로 들어가지 않으면 안 돼.

"우리는 난쟁이지만 거인의 어깨 위에 올라선 난쟁이다.
그래서 우린 작지만 때론 거인보다 먼 곳을 내다보기도 한다."
소설가 움베르토 에코가 남긴 한 구절입니다.
'걸어 다니는 백과사전', '세상의 모든 지식'이라 불린 그는
소설뿐만 아니라 기호학자, 철학자로서 공부도 게을리하지 않았고
세계에서 가장 영향력 있는 지식인에도 당당히 이름을 올렸죠.
그래서일까요? 그가 세상을 떠났을 때 "이 시대의 지식이 죽었다"며
애도의 물결이 가득했습니다.
그런 그에게 《장미의 이름》은 '소설가'라는 직업을 안겨준 작품입니다.
한 수도원의 살인 사건을 파헤치는 7일간의 기록이죠.
매일 수도사가 한 명씩 죽어나가고
누구든 들어가기만 하면 길을 잃어버리는 미궁의 도서관……
앞뒤가 다른 이 세상을 똑바로 보고 그곳에서 희망을 찾는 소설,
《장미의 이름》을 추천합니다.

장미의 이름

움베르토 에코
1932년 1월 5일~2016년 2월 19일

-열린책들-

강에게 가장 중요한 것은 흐르는 것이다.
제 흐를 길을 제대로 알 수만 있다면,
이로써 제대로 흐를 수만 있다면 물의 일부를 잃은들 어떠랴.

진정한 앎이란,
알아야 하는 것, 알 수 있는 것만 알면 되는 것이 아니야.
알 수 없었던 것, 알아서는 안 되는 것까지 알아야 하는 것이다.

사랑이라는 병은 괴질이기는 하되 사랑 자체가
곧 치료의 수단이 된다는 이븐하즘의 정의는 인상적이었다.
사랑이 괴질인 까닭은 이 병에 걸린 사람은
치료를 원하지 않기 때문이다.

내 이 세상 도처에서 쉴 곳을 찾아보았으되,
마침내 찾아낸,
책이 있는 구석방보다 나은 곳은 없더라.

장미는 우리의 모습을 그리고,
우리의 운명을 설명하고, 우리의 삶을 읽어준다.
장미는 아침에 피어, 만개했다가 이윽고 시들어가니까.

우주라고 하는 것이 아름다운 까닭은,
다양한 가운데에도 통일된 하나의 법칙이 있기 때문이기도 하겠지만
통일된 가운데에서도 다양하기 때문일 수도 있는 거라고 대답했다.

사람은 나이를 먹을수록 현명해지는 것이 아니라
탐욕스러워지는 것입니까?

죽고 싶은 현실을 앞에 두고 이러지도 저러지도 못하는 청년,
간신의 이간질에 아름다운 아내를 살해하고 자결한 비운의 남편,
주어진 운명보다도 더 큰 성공을 원하다 파멸한 야망인,
아부와 진심을 구분하지 못해 몰락하고 나서야 인생을 깨달은 아버지.
우리 주변에서 한 번쯤은 본 듯한 이 비극적인 인물들은
400년 전, 한 작가의 손에서 탄생했습니다.
《햄릿》,《오셀로》,《맥베스》,《리어왕》의 작가 셰익스피어입니다.

"우리가 태어날 때 우는 것은
이 거대한 바보들의 무대에 나왔기 때문이다."
- 《리어왕》 중에서 -

이 거친 세상을 살아가기에 너무 나약하다고 절망해본 적 있나요?
내가 결점이 많아서 세상에 적응하지 못한다고 자책해본 적 있나요?
400년 전, 셰익스피어가 보내준 보석 같은 고전으로
내면을 돌아보며 치유하는 시간을 가져보는 건 어떨까요?

4대 비극

윌리엄 셰익스피어
1564년 4월 26일~1616년 4월 23일

-더클래식-

세상엔 좋고 나쁜 것이 없어.
다만 생각이 그렇게 정해줄 뿐이야. _《햄릿》

습관이라는 괴물은 악습에 무감각하게도 만들지만
천사 같은 면이 있어서 선행을 자주하면
새로 맞춘 옷이 그러하듯 차츰 몸에 배기 마련이죠. _《햄릿》

빼앗기고도 미소를 짓는 자는
빼앗은 자에게서 뭔가를 다시 빼앗을 수 있지만
쓸데없이 슬픔에 잠기면
오히려 자기 자신만 빼앗기게 되죠. 《오셀로》

지나간 불행을 슬퍼하는 것은 더 큰 불행만 부를 뿐이오.
가질 수 없는, 빼앗길 수밖에 없는 운명이라면
인내로 그런 부당한 운명을 비웃어야 하오. _《오셀로》

홀로 고통스러워하는 자는
마음이 괴로워서 자유롭고 행복했던 삶은 잊어버리지.
하지만 슬픔을 나눌 벗이 있으면
마음의 괴로움도 한결 가벼워지지. _《리어왕》

하나, 봄을 쓰다

밤이 아무리 길어도
결국 아침은 찾아오기 마련입니다. _《맥베스》

사람의 얼굴만 봐서는
그 마음속을 알아낼 재주가 없구나. _《맥베스》

가장 예쁜 말과 생각을 골라

기나긴 시를 지으면 이런 느낌일까요?

알퐁스 도데는 장문의 시를

소설로 묶었다고 해도 믿을 만큼

서정적인 문체로 잔잔하게 소설을 쓰는 작가입니다.

그중 유난히 돋보이는 작품이 바로《별》입니다.

소설 속 주인공이 짝사랑하는 아가씨를

'우리 아가씨'라고 칭할 때면

읽는 그 누구라도 미소를 짓게 되죠.

이렇게 순수하고 따뜻한 사랑을 해본 적이 언제였을까요?

이번 주는 우리네 과거의

혹은 지금의 순수한 온기를 느껴봅니다.

별

알퐁스 도데

1840년 5월 13일~1897년 12월 16일

-더클래식-

당신이 만약 아름다운 별들 아래서 밤을 지새운 적이 있다면,
모두가 잠든 시간 동안 고독과 침묵 가운데
신비로운 세상이 새로이 눈을 뜬다는 걸 아실 겁니다.

머리를 뒤로 젖히고 예쁘게 웃은 후에 바삐 돌아가려고
서두르는 그녀의 모습이야말로 요정 에스테렐 같았습니다.
그녀의 방문이야말로 요정의 출현이었지요.

오, 어쩌나 귀엽던지!

그녀를 아무리 쳐다봐도 내 눈은 싫증을 느끼지 않았습니다.

여태껏 이렇게 가까이에서 그녀를 본 적은 없었습니다.

낮이 생명체들의 시간이라면 밤은 사물들의 시간입니다.
밤에 익숙하지 않은 사람은 두려움이 생기기 마련이죠.
우리 아가씨 역시 작은 소리에도 오들오들 떨며
내 곁으로 바싹 몸을 붙이곤 했습니다.

내가 저녁을 먹으러 농장으로 돌아와도 그녀는 여전히
옷을 차려입고 하인들과는 거의 말도 하지 않은 채
도도하게 거실을 지나치곤 했는데…….
지금 그녀가, 오직 나를 위해, 이곳에 와 있는 겁니다.

순간 나는 이런 생각을 했습니다.
저 별들 중 가장 아름답고 반짝이는 별 하나가
길을 잃고 내 어깨에 기대 잠든 거라고.

저 아래 반짝이는 연못가에서 길고도 처량한
울음소리가 울려 퍼졌습니다.
그리고 때마침 아름다운 유성 하나가
바로 우리 머리 위를 지나 그곳을 향해 떨어졌습니다.

하나, 봄을 쓰다

한 작가가 있습니다.

그는 좋은 소설이란 뭔가가 느껴져야 한다고 생각하죠.

그래서 자신이 느낀 것, 얘기할 가치가 있다고 생각하는 것을

살아 있는 목소리로 풀어냅니다. 실제 인물이 말하는 것처럼 말이죠.

바로《오베라는 남자》의 '프레드릭 배크만'입니다.

원리원칙에 목숨을 거는 오베의 흑백 인생에

부인 소냐는 유일한 색깔이었죠.

하지만 부인 소냐가 죽고 난 후, 색을 잃은

오베의 목표는 소냐를 따라가는 것뿐.

그렇게 자살만 꿈꾸던 그에게 갑자기 이웃들이 찾아오고

인생에 다시 빛이 돌기 시작합니다.

진짜 옆집에 있을 법한 혹은 내 가족 같은 주인공 오베.

까칠한 그의 인생 이야기를 읽다 보면

어느새 잊혔던 이웃의 정과 삶의 진짜 의미가 떠오릅니다.

살다가 '오베'와 마주치면 주저하지 말고 인사하세요.

'오베'가 당신 인생에 색을 가득 채워줄 겁니다.

오베라는 남자

프레드릭 배크만
1981년 6월 2일~

-다산책방-

모든 어둠을 쫓아버리는 데는
빛줄기 하나면 돼요.

사람들은 마치 죽음이란 게 존재하지 않는 양 살아가지만,
죽음은 종종 삶을 유지하는
가장 커다란 동기 중 하나이기도 하다.

누군가를 사랑하는 건 집에 들어가는 것과 같아요.
처음에는 새 물건들 전부와 사랑에 빠져요.
그러나 세월이 지나면서 온갖 구석진 곳과
갈라진 틈에 통달하게 되죠.

우린 사느라 바쁠 수도 있고
죽느라 바쁠 수도 있어요.
오베, 우리는 앞으로 나아가야 해요

누군가를 잃게 되면 정말 별난 것들이 그리워진다.
아주 사소한 것들이. 미소, 잘 때 돌아눕는 방식,
심지어는 방을 새로 칠하는 것까지도.

이 세상은 한 사람의 인생이 끝나기도 전에
그 사람이 구식이 되어버리는 곳이었다.

누군가 묻는다면, 그는 그녀를 만나기 전까지
자기는 결코 살아 있던 게 아니었다고 말했을 것이다.
그녀가 죽은 뒤에도.

인간 아이들의 장난으로 불에 타 붕괴된 개미 왕국.
개미들은 공포의 파괴자인 인간들을 '손가락들'이라고 부르며
'손가락 원정대'를 꾸리는데…….
무려 12년 동안 120회가 넘는 수정을 거치며 완성한
베르나르 베르베르의 데뷔작 《개미》입니다.
독특한 설정과 풍부한 상상력으로
한국에서 가장 사랑받는 외국 작가 1위 베르나르 베르베르.
백과사전에 나올 법한 과학적 지식과 기상천외한 상상력으로
개미와 인간의 기묘한 만남을 흥미진진하게 담아냈죠.
베르나르는 개미를 쓴 이유를 이렇게 이야기합니다.
"인류는 300만 년 전부터 존재해왔지만
개미는 무려 1억 년 전부터 존재해왔습니다.
작은 개미를 관찰함으로써 인간이 나아갈 방향을
보여주고 싶었습니다.
개미는 사실 인간보다 더 진화되어 있으니까요."
이번 주는 베르나르의 무한하고 경이로운
상상력의 세계로 들어가봅니다.

개미

베르나르 베르베르
1961년 9월 18일~

-열린책들-

우리를 둘러싸고 있는 요소들을 이해하기 위해서는
그것들의 처지가 되어보아야 하고
그것들과 한마음이 되어보아야 한다.

당신의 최소한의 임무는 무엇인가?
당신은 우연히 태어난 것이 아니다.
명심하라!

위험의 한가운데에 있는 것이
때로는 가장 안전하다.

적이 너의 어떤 부분을 유달리 자주 공격하는지 보거라.
그곳이 대개 그자의 약점이니라.

300만 년에 걸친 우리의 역사는
그들의 역사에 비하면 하나의 사건에 지나지 않는다.
개미들이 지구의 진정한 주인이기 때문이다.

행동하라! 무엇인가를 행하라!
하찮은 것이라도 상관없다.
죽음이 찾아오기 전에 당신의 생명을 의미 있는 뭔가로 만들라.

쓸모가 있건 없건, 중요하건 덜 중요하건,
마음에 넘쳐나는 이 생각의 흐름을 중단시키는 것.
그것은 하나의 소중한 갈망이다.

결혼, 쉽지 않으면서도 누구나 한 번쯤 꿈꾸고
어떤 이들은 이미 겪고 있는 생활이죠.
결혼은 지금 현대뿐 아니라 과거에도 젊은이들의
삶을 흔드는 화두였습니다.
《오만과 편견》은 바로 그 결혼에 이르는 길을
주된 화제로 다루고 있죠.
제인 오스틴은 남자 쪽 집안의 반대로
결혼이 무산된 적이 있었고, 이후 일생을 독신으로 삽니다.
그래서일까요?《오만과 편견》을 읽다 보면
그녀가 생각한 결혼의 길이 무엇인지 다가옵니다.
오만하다는 편견을 깨고 서로를 이해하고 사랑하며
존경으로 이어지는 관계, 이것이 결혼이라고 말이죠.
여러분은 결혼이 뭐라고 생각하시나요?

오만과 편견

제인 오스틴
1775년 12월 16일~1817년 7월 18일

-더클래식-

과거에 잘못을 저질렀다고 해도
지금 그 사람이 어떤 마음인지 모르면서
지난 잘못을 폭로하는 것은 부당하다고 생각했어.

처음 당신을 좋아하게 된 시간이나 장소, 아니면 얼굴 표정,
대화 같은 건 정확히 말할 수 없어요. 너무 오래전 일이니까.
한참 지나고 나서야
내가 당신을 좋아하기 시작했다는 걸 깨달았죠.

저도 묻고 싶네요. 제가 불쾌하고 모욕감을 느낄 걸 알면서도,
자신의 의지에 어긋나고, 이성에도 어긋나고,
심지어 자신의 인격에도 어긋나지만
어쩔 수 없이 저를 좋아한다고 고백하시는 이유를 말이에요.

내 어리석음은 사랑 때문이 아니라 허영심 때문이었어.

한 사람은 내게 호감을 표시해서 기분이 우쭐했고

다른 한 사람은 날 무시해서 불쾌하고 참을 수가 없었던 거야.

허영이 없는 사람도 오만할 수 있어.
오만은 자기 자신을 바라보는 관점에서 비롯된 거고
허영은 다른 사람들이 자신을
어떻게 봐주기를 원하는가 하는 문제니까.

자주 만나니 나아졌다는 것은
그 사람 생각이나 태도가 좋아졌다는 뜻이 아니야.
서로 잘 알게 되니까 그런 모습이나 성격을 더 이해하게 된 거지.

오만은 모든 인간에게 공통적인 성향이야.

인간은 본성적으로 오만에 빠지기 쉽게 되어 있어.

그리고 실제건 상상이건 자만심을 갖지 않은 사람은 거의 없지.

하나, 봄을 쓰다

산속에서 홀로 지내지 않고서야

살면서 열등감을 느끼지 않는 것은 정말 불가능합니다.

단 1cm라도 더 커 보이려고 까치발을 들던 어린 시절에도

우리는 남들과 비교하면서 자신의 부족한 점을 원망해왔죠.

그런데 이 열등감을 두려워하거나 무작정 없애기보다는

마주하고 이해해서 인생의 변화 동력으로 활용하자고 외친 사람,

바로 '알프레드 아들러'입니다.

사실 그는 누구보다 열등감에 힘들어한 인물이기도 했죠.

허약해서 병치레가 잦았고 형과도 관계가 좋지 않다 보니

열등감이라는 심리와 성격 형성에 주목한 거죠.

이번 주는 열등감의 굴레에서 빠져나오는 지혜와 용기를

아들러의 충고를 통해 배워봅니다.

남들과 비교해서 자신이 특별하지 않다고 해도,

충분히 괜찮아요.

항상 나를 가로막는 나에게

알프레드 아들러

1870년 2월 7일~1937년 5월 28일

-카시오페아-

삶이 힘든 것이 아니라 나 자신이 힘든 것이다.
어려움에서 나를 구출해내는 것도,
곤경에 빠뜨리는 것도 나 자신이다.

뭔가 일이 풀리지 않는다고 생각될 때에는
자신이 했던 말과 행동을 추적해보라.
그러면 알게 될 것이다.
항상 당신을 가로막은 것은 당신이었다.

나는 오로지 행동만 믿는다.
삶은 말이 아니라 행동하는 단계에서 펼쳐지는 것.
행동을 믿자.

사람에게 진정한 변화는 의지의 영역이 아니다.
인지의 영역이다. 백 번 각오하고 다짐하는 것보다
한 번 제대로 깨닫는 것이 필요하다.

우리는 알고 있다.
습관적으로 의심하는 사람은 항상 의심만 하다가
결국 아무것도 이뤄내지 못한다는 것을.

삶에서 가장 위험한 것은
너무 많이 예방하고 준비하는 것이다.

실수를 두려워하면 배울 수가 없다.
실수 말고 삶을 배울 수 있는 다른 방법은 없다.

아테네의 항구에서 배를 기다리며 단테의 《신곡》을 읽던 '나'는
누군가의 시선을 느끼고 고개를 돌립니다.
'알렉시스 조르바', 한 60대쯤으로 보이는 그 남자는
다짜고짜 자신을 데려가라고 요구하죠.
'나'는 남자의 도발적인 말투와 태도가 마음에 들어
그와 동행하기로 합니다.
세계 곳곳을 떠돌며 닥치는 대로 일하며 살아온 남자, 조르바.
그는 글만 읽으면서 머리로만 사는 죽은 지식인이 아니라
온몸으로 인생을 부딪치며 살아가는 자유인이었죠.
그는 가슴에서 나오는 대로 거친 말을 쏟아내고
어느 누구의 눈치도 보지 않습니다.
자유분방한 '조르바'와 이성적이고 논리적인 '나'.
이성과 본능을 상징하는 두 인물을 통해 작가가 말하고자 한
'진정한 자유'는 무엇이었을까요?

그리스인 조르바

니코스 카잔차키스
1883년 2월 18일~1957년 10월 26일

-더클래식-

새로운 길을 닦으려면 새로운 계획이 필요한 법입니다.
나는 어제 일어났던 일이나
내일 일어날 일을 미리 생각하지 않죠.
내게 중요한 것은 바로 오늘, 이 순간에 일어나는 일입니다.

하나, 봄을 쓰다

행복이란 포도주 한 잔, 밤 한 알, 허름한 화덕과 바닷소리처럼
단순하고 소박한 거라고 생각했다.
지금 이 순간이 행복하다고 느끼는 데 필요한 것은
단순하고 소박한 마음이 전부였다.

책을 한 무더기 쌓아놓고 불태워버려요.
그러면 혹시 압니까? 바보에서 벗어날지.
당신은 썩 괜찮은 사람이니까 말이오.

'왜요'가 없으면 아무것도 못하는 거요?

그냥 하고 싶어서 하면 안 된답니까?

자, 날 데려가시오.

아니, 당신은 자유롭지 않아요.

그저 당신을 묶은 줄이 다른 사람들보다 길뿐이죠.

그 긴 줄 끝에 앉아 오가니까 그걸 자유롭다고 생각하는 거죠.

그는 바다도 잊고 레몬을 씹는 것도 잊었다.
눈빛이 다시 빛났다.

열정과 광기로 싸우는 이가 행복하다면 나는 행복한 사람이네.

그냥 내버려두면 나는 위대한 사람이 될 걸세.

내 행복에 맞춰 키를 늘일 테니까 말이야.

스페인의 작가이자 신부였던 발타사르 그라시안의
금언을 담은《세상을 보는 지혜》.
책의 제목처럼 흐트러진 세상에서 자신을 지키고
유지하며 발전시키는 법을 직설적으로 이야기합니다.
그는 이 세계를 위선과 기만으로 가득 찬 곳으로 봤죠.
그리고 이 같은 세계에서 성공하기 위해,
혹은 단순히 생존하기 위해
이리저리 휩쓸리지 말고 모든 지혜를 끌어 모아
적절하게 행동하라고 조언합니다.
자기 주도적인 삶을 살라는 그라시안의 충고는
수많은 처세서의 진수를 압축해놓은 듯 간결하고 강렬하죠.
인생의 철학은 깊은 사색과 숙고에서 비롯된다는 그의 말처럼
세상을 보는 지혜로 사색과 숙고가 가득한
한 주가 되었으면 좋겠습니다.

세상을 보는 지혜

발타사르 그라시안
1601년 1월 8일~1658년 12월 6일

-더클래식-

기다릴 수 있어야 한다.

신은 몽둥이가 아니라 시간으로 성숙하게 만든다.

기다리는 자만이 커다란 행운을 잡을 수 있다.

거절하는 방법을 배워라.

사람들에게 모든 것을 허용해서는 안 된다.

거절은 남에게 동의할 줄 아는 것만큼이나 중요하다.

모든 사람은 바보다. 모든 것은 좋고 모든 것은 나쁘다.
　　　　사람들은 하나의 의견으로 사는 것도 아니고
하나의 유행으로 사는 것도 아니며 한 세기를 사는 것도 아니다.

잊어버릴 줄 알아야 한다.

기억은 우리가 가장 필요로 할 때 우리를 떠날 뿐만 아니라

우리가 가장 원하지 않을 때 어리석게도 우리에게 다가온다.

마음과 머리는 우리의 능력이며 또한 태양의 양극이다.
살아가는 데 지식만으로는 충분하지 않으며
마음을 다스리는 자세도 필요하다.

당신이 사려 깊은 친구라면
다른 사람이 적절한 궤도에 오를 수 있게 도와주어야 한다.
어떤 사람에게 필요한 것을 제공하는 것은 커다란 재능이다.

기억력보다 이성을 빌려주는 것이 더 가치가 높다.
누군가 기억을 상기할 수 있도록 도와주는 것보다
이성적인 면모를 통해 도와주어야 한다.

둘,
여름을 쓰다

법학을 공부하던 베르테르는
어머니의 유산을 정리하기 위해 고향에 찾아옵니다.
그리고 그곳에서 아름다운 여인 로테를 만나게 되죠.
하지만 로테에게는 이미 약혼자 알베르트가 있었고,
닿을 수 없는 사랑에 괴로워하던 베르테르는
결국 사랑의 순수성을 지키고자 권총 자살을 합니다.
독일의 대문호 괴테가 25세에 쓴《젊은 베르테르의 슬픔》은
18세기 전 유럽을 떠들썩하게 하며 신드롬을 일으키죠.
젊은이들은 소설처럼 자살을 시도하고
낭만적인 사랑을 꿈꾸며 이혼하는 사람들도 생겨납니다.
베르테르의 푸른 연미복과 노란 바지까지 유행할 정도였죠.
괴테는 인간 본연의 사랑과 열정에 대한 찬사를
한 청년을 통해 있는 그대로 보여주었습니다.
죽음마저 사랑의 열정으로 승화시켜버린 베르테르.
그의 내면은 어땠을까요?

젊은 베르테르의 슬픔

요한 볼프강 폰 괴테
1749년 8월 28일~1832년 3월 16일

-더클래식-

무더웠던 어느 여름날, 로테와 산책을 하며 잠시 쉬었던
그 버드나무 그늘을 찾아보려 했지만
물에 잠겨 흔적조차 찾아볼 수 없었다네.
문득 그녀의 수렵 별장은 어찌되었을지 생각에 잠겼네.

사랑하는 친구여, 나도 나 자신이 놀라울 뿐이네!
로테를 향한 나의 사랑은 더없이 성스럽고 더없이 순수하네.
그야말로 남매간 같은 우애, 그런 사랑이 아니던가?

환상적인 평온함이 내 모든 영혼을 사로잡고 있네.
나는 달콤한 봄날의 아침 같은 이 기분을
온 마음으로 즐기고 있지.
오직 나와 같은 영혼을 위해 존재하는 듯한 이곳에서.

사랑의 기쁨을 억누르지 못하고 몸을 내던진 아가씨에게
그 누가 돌을 던질 수 있단 말인가요?
융통성 없는 냉혈한 법도,
냉정한 현학자들도 처벌을 유보할 겁니다.

물론 나도 우리 모두가 평등하지 않고
그리될 수 없다는 것을 잘 알고 있네.

오, 친구여!
나는 당장 이 고결한 용사처럼 칼을 뽑아 들고
서서히 죽어가는 생의 고통에서
내 영웅을 단칼에 해방시켜주고 싶네.

그때가 행복했어!

나는 시내를 향해 잰걸음으로 걸어가며 크게 소리쳤네.

그때가 물 만난 물고기처럼 행복했다고!

150여 년 전 영국에 한 수학자가 있었습니다.

햇살이 바스러지고 구름도 꿈결처럼 떠다니던 오후에

그 수학자는 세 명의 소녀와 뱃놀이를 즐겼죠.

반짝이는 물 보석에 신이 난 소녀들은

수학자에게 재미있는 얘기를 해달라고 조릅니다.

우리도 어릴 적 어른들이 해주던 전래동화를 참 좋아했잖아요?

두 눈 꼭 감고 신비의 세계를 여행 중인 아이들을 보면서

수학자는 이야기를 책으로 펴낼 결심을 하죠.

그 책이 바로 루이스 캐럴의 《이상한 나라의 앨리스》입니다.

루이스 캐럴은 다소 괴팍하고 내성적이어서

다른 사람들과 잘 어울리지 못했다고 해요.

그런 걸 보면 꿈같은 세계의 앨리스는

그에게 하나의 꿈이지 않았을까요?

여러분은 어릴 적 동화가 기억나나요?

그때 꿈꾸던 꿈은요?

이상한 나라의 앨리스

루이스 캐럴

1832년 1월 27일~1898년 1월 14일

-더클래식-

오늘은 정말 모든 게 다 이상하네!
어제는 평소와 다름없었는데 말이야.
지금의 나는 도대체 누구지?

그건 네가 어디로 가고 싶은지에 달렸지.
어디로든 가면 돼.
계속 걷다 보면 분명 어딘가에는 도착할 거야.

만약 네가 나만큼이나 '시간'을 잘 안다면
시간을 낭비한다고 말하진 못할걸.
이건 '시간'이 아니라 '그 사람'에 대한 이야기야.

네가 시간이랑 잘 지내면

시간은 네가 원하는 대로 시계를 맞춰줄 거야.

예를 들어 수업이 시작되는 아침 9시에 시간한테 살짝 귀띔만 하면

시간은 눈 깜짝할 사이에 시계를 1시 반으로 돌려놓을걸.

내가 너보다 오래 살았으니
너보다 아는 것이 많은 건 당연해.

그러니까 오늘 아침 이야기를 들려줄게요.
어제로 돌아가서 이야기하는 건 아무런 의미가 없어요.
지금 저는 어제의 제가 아니니까요.

말하다 말고 무슨 생각을 그렇게 하니?

지금 당장은 마땅한 교훈이 떠오르지 않지만 곧 기억이 날 거야.

찾으려고만 하면 교훈은 어디든 있는 거란다.

아내가 막 직장에서 돌아왔는데도
남편은 컴퓨터를 하느라 고개를 드는 둥 마는 둥.
저녁으로 뭘 먹을까라는 질문에도 건성건성.
슬슬 언짢아진 아내는 남편과 게임의 판을 벌입니다.
"여보, 주말에 차고 좀 치워. 자전거도 못 꺼내겠다고!"
"뭐? 주중에도 힘들게 일하는데 그따위 잡일로 주말까지 날려야 해?"
이들은 당면한 문제를 해결하고자 애쓰는 게 아닙니다.
사실 자전거 따위는 중요하지 않죠.
이들은 진짜 메시지를 감춘 채 한 판 게임을 벌이고 있습니다.
어떻게든 상대의 관심을 붙들어두고 싶기 때문이죠!
크리스텔 프티콜랭은《나는 왜 네가 힘들까》를 통해
평범한 대화를 가장한 게임에 대해 말하고 있습니다.
여러분도 본심을 숨기고 그저 게임을 하고 있지는 않나요?

나는 왜 네가 힘들까

크리스텔 프티콜랭
1960년~

-부키-

여러분은 스스로 괜찮은 사람이라고 생각하고,
주위에 믿을 수 있는 사람들을 두고 있는가?

자기가 하는 심리 게임을 파악하고 해체하는 것 자체가
자기 자신과 충분히 거리를 두고
스스로에게 정직해져야만 가능한 일이다.

다른 사람들이 게임을 하거나 말거나 당신 자신에게 집중하라.

부정하고 싶을지 모르지만 당신도 분명히 게임에 뛰어들었다.

자신의 게임을 발견해야만 다른 사람들의 게임도 파악할 수 있다.

책임은 나쁜 말이 아니다.
제대로 행동하고 그 결과를 감당하라.
그로써 더 나은 자존감을 얻게 될 것이다.

건강하고 진실한 관계를 편안하게 받아들일 수 있으려면
자신의 내면 아이를 보호하고
그 아이의 자기실현을 허락해야 한다.

내가 정말로 원하지 않는 상처는
내 것이 될 수 없음을 명심하자.
나는 그의 고함이나 위협,
그의 멸시 어린 태도에 압도되지 않는다.

차분하지만 단호하게 자기주장을 펼치려면
자기 욕구를 분명히 알고
그 욕구를 존중하고 말로 표현해야 한다.

정신분석의 창시자 프로이트의 작품 가운데
가장 중요한 책이자, 무의식의 존재를 밝혀
우리의 또 다른 모습을 보여주는 책,《꿈의 해석》입니다.
논리적인 구성, 명료한 개념 설명,
명쾌하고 분명한 언어 표현 등
형식적인 면에서도 뛰어나 불후의 명작으로 꼽히죠.
자신의 내면을 알고 싶은 사람에게
《꿈의 해석》은 자신에게 가는 안내자이자
무의식의 문을 두드리는 열쇠입니다.
나도 몰랐던 나의 무의식, 궁금한 적 없으세요?
이번 주에는 심리학, 철학, 사회학 등 많은 영역에서
새로운 패러다임을 열어준 인식의 도구,
《꿈의 해석》을 만나봅니다.

꿈의 해석

지그문트 프로이트
1856년 5월 6일~1939년 9월 23일

-열린책들-

오래전 우리의 뇌리에서 사라지거나
모든 중요성을 상실한 것,
바로 그러한 것들을 꿈은 줄기차게 우리에게 상기시킨다.

꿈을 망각하게 하는 원인이 이렇게 많은데도
많은 꿈이 기억에 남아 있다는 것은
참 기이한 일이다.

모든 사람에게는

다른 이들에게 알리고 싶지 않은 소원,

자신에게도 고백하고 싶지 않은 소원이 있기 마련이다.

논의의 대상은 그동안 부단히 주장해온 꿈의 예언적 힘이다.

이 문제에서는 해결하기 어려운 의혹과

완강하게 반복되는 확신이 교차한다.

꿈은 낮의 지성적 작업을 계속하여
낮에 못 다한 일을 끝마치게 하고 의혹과 문제들을 해결하며,
시인과 작곡가들에게 새로운 영감의 근원이 된다.

내일을 두려워하지 말라.

졸업 시험 전에 네가 얼마나 두려워했는지 한번 생각해보라.

네게는 아무 일도 일어나지 않을 것이다.

꿈속에서 인간은 있는 그대로의 자신과 부딪힌다.
깨어 있는 동안에는 양심이나 명예심, 두려움 등이 지켜주지만
그러한 통제를 벗어나는 순간 정열의 노리개가 된다.

몇 겹의 잠금장치를 한 오두막집에서 은둔생활을 하고
백만장자이면서도 구멍 난 셔츠를 입은 채
고물장수에게서 산 타자기를 쓰며 새로운 책은 읽지 않고
다른 작가들과 일체 교류를 하지 않는 것은 물론,
자신의 신상을 발설하면 부모와도 절연하고
심지어 문학상 수상조차 거부한 은둔의 작가.
파트리크 쥐스킨트입니다.
그의 작품 속 주인공들은 하나같이 그의 성향을 꼭 닮았습니다.
대표작《향수》의 그루누이도 그렇습니다.
세상에서 배척당한 그루누이는
비뚤어진 욕망으로 살인이라는 극단적인 선택을 합니다.
어찌 보면 잔인하고 삭막한 내용이지만
되레 연민이 드는 것은 가난하고 현실에 부딪혀 지쳐가는
우리네 모습이 보여서는 아닐까요?
혹시 내 마음에 그루누이 같은 욕망이 숨어 있지는 않은지
살펴보는 한 주가 되기를 바랍니다.

향수

파트리크 쥐스킨트
1949년 5월 26일~

-열린책들-

그는 인생에서 단 한 번만이라도 자신을 표현하고 싶었다.
단 한 번만이라도 다른 사람들과 똑같은 사람이 되어
자신의 내면을 드러내고 싶었다.

그를 가장 자유롭게 만든 것은
사람들로부터 멀어졌다는 사실이었다.

사람들이란 멍청하기 이를 데 없어서
코는 숨 쉬는 데에만 이용할 뿐
모든 것은 눈으로 확인할 수 있다고 믿는다.

대부분의 사람들은 자신이 그런 독특한 냄새를 지니고 있다는 사실을 깨닫지 못하는 것은 물론, 유행하는 인공적인 냄새로 자신만의 고유한 냄새를 감추기에 급급했다.

벌거벗은 대지의 냄새 이외에는 살아 있는 것이 아무것도 없는
납으로 만든 것 같은 이 세계가 그가 인정하는 유일한 세계였다.
그것은 그의 내면세계와 닮아 있었다.

말이나 눈빛, 감정이나 의지보다 향기가 훨씬 설득력이 강했다.
향기의 설득력은 막을 수가 없었다. 향기가 공기처럼 숨을 쉴 때
폐 속으로 들어와 그를 가득 채워버렸다.

그는 다른 사람들처럼 자기 주변에
냄새의 공간을 형성하지도, 파동을 일으키지도 못했다.
그는 다른 사람들에게 아무런 그림자도 던질 수가 없었다.

"오늘 엄마가 죽었다"라는 문장으로 시작하여
곧이어 "아니, 어쩌면 어제였을지도 모른다"라는
문장으로 이어지는 소설.
시작부터 예사롭지 않은 건조함과 냉소가 느껴집니다.
이 이야기의 주인공은 보통 사람들과 다르게 생각하고
다르게 행동하는 '뫼르소'입니다.
뫼르소는 어머니의 장례식 후 우발적으로 살인을 저지르고
세상에서 '이방인'이 되어버리죠.
실존주의 문학의 선구자로 불린 알베르 카뮈는
《이방인》을 통해 억압적인 관습과 부조리 속에 살아가는
고독한 현대인의 초상을 드러냅니다.
뫼르소의 기이한 행동은 세상을 다시 한 번 관찰하게 만들죠.
날카로운 시선과 문장으로 알베르 카뮈는
어떤 부조리를 전하고 싶었을까요?

이방인

알베르 카뮈
1913년 11월 7일~1960년 1월 4일

-더클래식-

나보다 더 불행한 사람들도 있다.
이건 엄마의 생각인데,
엄마는 늘 '사람은 무엇에든 결국 익숙해지는 법'이라고 했다.

그냥 뒤돌아서기만 하면 끝날 일이라고 생각했다.
그러나 태양으로 들끓는 해변 전체가
나를 뒤에서 압박하고 있었다.

이 세계와 내가 너무도 닮아

마치 형제 같다는 것을 깨달으면서

나는 전에도 행복했고 지금도 행복하다는 것을 느꼈다.

그녀가 놀라 뒤로 살짝 물러났지만 별다른 말은 하지 않았다.
그런 말을 해봐야 아무런 의미도 없었다.
어차피 사람들은 조금씩 잘못이 있기 마련이니까.

어쨌든 나는 내가 무엇에 관심이 있는지는 확신할 수 없지만
무엇에 관심이 없는지는 확실히 알고 있었다.

엄마는 늘 사람이 완전히 불행하기만 한 법은 없다고 말했다. 하늘이 빛으로 물들면서 새로운 하루가 내 감방 안으로 미끄러져 들어오면 나는 엄마의 말이 옳다고 생각했다.

아니요. 나는 당신 말을 믿을 수가 없어요.
나는 당신도 다른 삶을 바란 적이 있을 거라고 확신합니다.

증권을 배우기 위해 뉴욕으로 온 닉 캐러웨이.
이웃의 호화스러운 저택에 사는 개츠비와 친구가 됩니다.
개츠비는 매일 밤 화려한 파티를 열고
수백 명의 사람들이 그의 저택으로 몰려들죠.
닉이 환멸스러운 파티에 회의감과 경멸을 보이자,
개츠비는 첫사랑 데이지를 만나기 위해서라고 하죠.
1920년대의 미국은 물질주의와 쾌락만을 좇고
부와 허영심 등이 뒤섞인 혼란과 무질서의 시대였죠.
피츠제럴드는 《위대한 개츠비》를 통해
아메리칸드림의 자화상을 여과 없이 드러냈습니다.
그리고 개츠비의 낭만적 삶을 통해 인간의 근원적 욕망,
젊은 날에 이루지 못한 사랑과 희망을 절절하게 표현했죠.
이번 주는 서정적인 묘사와 기발한 풍자, 빛나는 문장이
어우러진 매력적인 책을 만나봅니다.

위대한 개츠비

프랜시스 스콧 피츠제럴드
1896년 9월 24일~1940년 12월 21일

-더클래식-

누군가를 비판하고 싶어지면 이 말을 명심하거라.
세상 사람들이 모두 다 너처럼 혜택을 누리고 사는 건 아니란다.

데이지는 젊고 아름다웠으며,
그녀의 세계는 난초 향기와
즐겁고 유쾌한 속물근성의 냄새로 가득했다.

마음속에서는 어떤 결단을 요구하는 외침이 들렸다.
그런 결정은 사랑이나 돈, 아니면 현실적인 이유와 같은
불가항력적인 것으로 이루어져야 했다.

판단을 보류한다는 것은
사람에 대한 희망을 저버리지 않겠다는 뜻이기도 하다.

사람의 행동이란 단단한 바위에 기초할 수도,
축축한 습지에 근거를 둘 수도 있지만
일정 단계를 지나고 나면 처음의 토대는 그다지 중요하지 않다.

그러므로 우리는 물결을 거스르는 배처럼
끊임없이 과거로 떠밀려가면서도
끝내 앞으로 나아가는 것이다.

그때의 초록색 불빛은 우리를 피해갔지만 문제가 될 것은 없었다.

내일이 되면 우리는 더 빨리 뛸 것이고,

더 멀리 팔을 뻗을 것이다.

흙먼지가 가득한 절의 마당, 동자승은 쓸고 또 쓸니다.

먼지는 금방 다시 쌓이고 찾는 이도 적지만

동자승은 비질을 멈추지 않습니다.

낙엽이 떨어지고 바람에 먼지가 흩날려도

쓸고 있는 것은 어쩌면 마당이 아니라

머릿속 상념, 번뇌, 욕심이 아닐까요?

대만의 수묵화가 리샤오쿤은《마음 쓸기》에서

동자승의 삶을 통해 억지스러워진 마음을 멈추고

마음을 차분히 다스리라는 메시지를 전합니다.

지금 여러 가지 일로 머릿속이 복잡하시나요?

잠시 멈춰도 돼요.

여기 동자승이 말하는 시 이야기를 들어보세요.

수묵의 향처럼 맑고 향기롭게 나를 채우는

비움의 시간을 가져보세요.

마음 쓸기

리샤오쿤

1949년~

-흐름출판-

생에 한 번은 신분증의 신상 정보를 하나씩 다 지워보세요.

그런 다음 자신에게 가만히 물어봐요.

"나는 누구인가?"

우리는 모두 드넓은 우주를 떠도는
고독한 나그네랍니다.
빈손으로 왔으니 갈 때도 빈손으로 가야 하는 법이죠.

마당을 쓸고
상념을 줍고
마음을 씻어낸다네.

산과 산, 물과 물 사이에 조각배 떠도는데
저녁에도 아침에도
사람 그림자 하나 보이지 않네.

산골짜기의 고즈넉함과
내 마음속 허허로움
그 어떤 교향악단도 연주할 수 없는 두 가지.

너무 많이 가진 것은 차지함이고
너무 많이 차지한 것은 욕심이라 한다.

여백을 남기는 사람만
영혼의 속삭임을
들을 수 있다.

《월든》은 헨리 데이비드 소로가
현실 문명과 거리를 두고 약 2년 2개월 동안
깊은 숲속에 오두막을 짓고 살면서
보고, 느끼고, 깨달은 것을
경건한 문체로 쓴 자전적 에세이입니다.
소로가 생각한 인생의 가치와 의미는 '영적인 성장'이었죠.
미국의 자본주의가 더욱 덩치를 키워갈 무렵,
인생의 가치와 의미를 위해 물질이 가져온
육신에 대한 집착을 단호히 끊는 게 필요했기 때문이죠.
깨달음은 거창한 이유와 믿음에서 나오지 않습니다.
'본질'을 볼 때 비로소 가능하죠.
한 주 동안 월든의 성찰을 읽다 보면
사소한 일에 삶을 낭비하던
자신을 벗어버릴 수 있지 않을까요?

월든

헨리 데이비드 소로
1817년 7월 12일~1862년 5월 6일

-더클래식-

길을 잃기 전에, 즉 이 세상을 잃어버리기 전에,
다시 자신을 찾아서 지금 어디를 헤매고 다니는지 깨닫고,
세상과 자신의 관계가 얼마나 무한한지도 깨달아야 한다.

자신이 먹는 음식의 진정한 맛을 아는 이는
결코 음식에 욕심을 부리지 않는다.
그렇지 않은 이는 폭식을 할 수밖에 없다.

세상 사람들이 성공했다고 칭송하는 삶은 오직 한 가지뿐이다.
왜 우리는 다른 여러 종류의 삶을 희생하면서까지
오직 한 종류의 삶만을 과대평가할까?

자연은 인간에게 아무런 질문도 하지 않고,
인간의 질문에 대답도 하지 않는다.
천국은 우리 머리 위에만 있는 것이 아니라 발밑에도 있다.

가능한 한 얽매이지 않는 자유로운 삶을 살아가라.
농장 일에 치여 살든, 감옥에 갇혀 살든 얽매여 산다는 점에서
두 삶은 별반 다르지 않다.

우리는 지금 걸어가는 길이 유일한 길이라고 되뇐다.

하지만 원의 중심에서 반경이 다른 원을 무수히 그릴 수 있듯이

길도 얼마든지 있다.

모든 변화는 기적이고
그 기적은 시시각각 일어난다.

가난한 시골 일꾼 장 발장은
누이의 어린아이들이 굶어 죽을 위기에 처하자,
빵 한 덩어리를 훔치다 붙잡히고 19년 동안 감옥살이를 합니다.
출소 후 그는 사회에 적응하려 하지만 매번 좌절하고,
결국 인간에 대한 증오심 때문에
또다시 절도와 살인의 유혹에 빠지죠.
하지만 촛대를 훔치려던 자신을 용서해준
미리엘 주교의 신뢰와 사랑에
새로운 삶을 시작하기로 결심합니다.
《레 미제라블》은 한 비천한 인간이 어떻게 성인이 되는지를
19세기 격변의 역사를 배경으로 그려냈죠.
빅토르 위고가 35년 동안 마음속에 품어오던 이야기를
다시 17년에 걸쳐 완성해낸 세기의 걸작입니다.
이번 한 주는 빅토르 위고의
마음을 울리는 문장 속으로 들어가봅니다.

레 미제라블

빅토르 위고
1802년 2월 26일~1885년 5월 22일

-더클래식-

그는 24601번으로만 남았다.

누이는 어떻게 되었을까? 일곱 아이들은?

누가 그 어린것들을 돌봐줄까?

나무가 밑동이 잘리면 나뭇가지에 붙은 수많은 잎은 어떻게 될까?

오래가지도 못하고 가치도 없어.
살아 있으니 어처구니없는 짓만 저지르는 거지.
인생은 써먹을 데 하나 없는 장식품일 뿐이야.

행복이란 보이는 쪽만 칠해놓은 낡아빠진 창틀이지.

모든 것은 공허하다네.

영혼은 발가벗고 다니기 싫으니까 공허라는 옷을 입는 거야.

마치 무수한 썰물에 뒤섞인 밀물 같았다.
썰물의 특징은 서로 섞여 돌아가는 것이다.
거기서 기이한 사상의 결합이 생겨났다.

꿈을 만드는 데 신념만 한 것이 없다.

그리고 미래를 만드는 데 꿈만 한 것이 없다.

오늘 유토피아이던 것이 내일에는 살과 뼈를 가진 현실이 된다.

혁명의 논리와 혁명의 철학 사이에는 이런 차이가 있었다.
혁명의 논리는 전쟁에 찬성할 수 있지만
철학은 결국 평화로 귀결될 수밖에 없었다.

이 가엾은 노동자는 정의의 옹호자가 되고
정의는 그를 위대하게 해주는 것으로 보답했다.
올바른 권리의 주장 속에는 진실로 영원한 것이 있기 때문이다.

독일인에게는 유대인이라는 이유로,
유대인에게는 시온주의를 반대한다는 이유로
배척받은 프란츠 카프카.
그는 평생을 불행하게 살았습니다.
그런 그가 유일하게 전념한 일이 바로 글쓰기였죠.
하지만 그토록 몰두한 그의 글을 대중들은 이해하지 못했고,
그 역시 자신의 글을 알리려 하지 않았습니다.
카프카의 대표작《변신》속 그레고르의 모습을 보면
끔찍한 연민과 함께 아이러니하게도 부러움이 듭니다.
가족을 위한 희생을 당연하게 여긴 그레고르.
어쩌면 그는 벌레의 껍데기를 쓰고라도
쉬고 싶었는지도 모릅니다.
그동안 숨 가쁘게 앞만 보고 달리느라
내 몸을 혹사시키면서 벌레가 되고 있지는 않은지
한번 돌아보는 건 어떨까요?

변신

프란츠 카프카

1883년 7월 3일~1924년 6월 3일

-더클래식-

어느 날 아침, 그레고르 잠자는 불안한 꿈에서 깨어났다.
그리고 침대에 누워 있는 자신의 모습이
거대한 벌레로 변해 있는 것을 발견했다.

누구에게나 일을 할 수 없는 상황이 올 수도 있잖아요.
제가 충실한 직원이라는 것을 잘 아시잖아요.
부모님과 여동생이 걱정돼요. 제 편이 되어주세요.

저는 저 괴물을 오빠라고 부르고 싶지 않아요.
저 괴물을 돌보고 참아내려고
우리는 인간으로서 할 수 있는 모든 일을 했어요.

그레고르는 밤낮으로 깊이 잠을 잘 수가 없었다.

가끔 그는 다음에 문이 열릴 때

가족의 문제들을 예전처럼 다시 해결하는 것을 생각해봤다.

그레고르는 좀 더 앞으로 기어가서
가능한 한 여동생과 시선을 마주칠 수 있게 바닥에 밀착했다.
음악에 사로잡힌 그는 과연 짐승일까?

그를 적처럼 취급하거나 배척하고 싶은 마음을 참는 것이
가족의 의무이고, 결국에는 '그의 존재 자체'를
참아내는 수밖에 없었다.

그는 동정과 사랑으로 가족에 대해 되짚어 생각해봤다.
자신이 사라져야만 한다는 생각은
아마 여동생보다 좀 더 확고했을 것이다.

술꾼의 아들인 허클베리 핀.
어느 날 아버지가 강제로 그를 숲속 오두막에 가둡니다.
허클베리 핀은 그곳을 몰래 탈출하고
미시시피에 있는 섬인 잭슨 아일랜드로 도망을 가죠.
그리고 그곳에서 도망 나온 노예 짐을 만납니다.
두 사람은 짐을 추격하는 사람을 따돌리기 위해
뗏목을 타고 미시시피 강을 따라 내려가죠.
그런데 이 이야기를 단순히 십대 소년의 모험기로 이해하면
이 책에 대한 그만한 실례도 없을 겁니다.
마크 트웨인은 미시시피 강을 떠내려가는
허클베리 핀의 시선을 통해
미국 사회의 도덕과 관습, 인종에 대한 차별을 풍자하죠.
미국의 셰익스피어라고도 불리는
마크 트웨인의 대표작 《허클베리 핀의 모험》.
소년의 시각으로 본 사회의 위선은 어떤 모습이었을까요?

허클베리 핀의 모험

마크 트웨인
1835년 11월 30일~1910년 4월 21일

-열린책들-

외로울 때는 잠자는 게 최고인 것 같았다.
외롭다가 결국 잊어버리게 되기 때문이다.

사느냐, 죽느냐,
기나긴 삶을 불행하게 만드는 것도
바로 이 한 자루의 단검이다.

무언가를 찾으려고 조바심이 날 때
젊은 사람들은 보통 끈기 있게 기다리지 못하는 법이다.

올바른 일을 했다는 것을 알고 싶을 뿐,
나는 이 일에 대해 아무런 대가도 바라지 않습니다.

잘못해서 나뭇가지를 밟아 부러지기만 해도
심장이 두 쪽으로 쪼개질 만큼 놀라, 마치 내 심장이 반만,
그것도 작은 것 반쪽만 남은 느낌이 들 정도였다.

나는 왜 아무런 말이 나오지 않는지 잘 알고 있었다.
내 마음이 올바르지 않기 때문이고,
내가 공평정대하지 못하고 이중적인 행동을 하기 때문이었다.

책 쓰는 일이 이렇게 힘든 일이라는 것을 알았다면
정말 쓰지 않았을 것이다.
앞으로도 절대 이런 일은 하지 않겠다고 마음먹었다.

18년간 무고하게 옥살이를 하며
죽은 자처럼 지내야 했던 한 의사가 '되살아났다'는 소문이 납니다.
그 소식을 듣고 런던의 한 남자는 한밤중에 우편마차에 몸을 싣죠.
은밀하게 파리로 향하는 남자를 따라가며 시작하는
이 소설은 프랑스 혁명 전의 파리를 생생하게 묘사합니다.
폭발 직전의 민중의 비참한 삶과
태연하게 사치를 일삼는 귀족들.
성난 파도처럼 모든 것을 파괴하는 광기 속에서 펼쳐지는
한 여인과 그녀를 사랑하는 두 남자의 사랑 이야기,
그리고 각자의 삶을 생생하게 마주하며
역사의 현장을 세세히 그려나갑니다.
이번 주는 '단행본 역사상 세상에서 가장 많이 팔린 작품'이라는
찰스 디킨스의 《두 도시 이야기》입니다.

두 도시 이야기

찰스 디킨스
1812년 2월 7일~1870년 6월 9일

-더클래식-

최고의 시대이자 최악의 시대,
지혜의 시절이자 어리석음의 시절이었다.
믿음의 세월이자 의심의 세월이었으며
빛의 계절이자 어둠의 계절이었다.

둘, 여름을 쓰다

때가 오고 있었다.

또다시 붉은 포도주가 거리를 흠뻑 적시고

그 흔적이 그곳의 많은 사람을 붉게 물들일 때가 오고 있었다.

제 평생 마지막으로 털어놓은 제 마음이
순수하고 순결한 당신의 가슴속에 고이 간직될 거라고,
그 누구와도 나누지 않고
고스란히 담겨져 있을 거라고 믿어도 되겠습니까?

내게는 보인다.

내가 목숨을 바쳐 사랑했지만 다시 볼 수 없을 그들이

영국에서 성공을 누리며 행복하고 평화롭게 살아가는 모습이.

그리고 그녀가 내 이름을 딴 아이를 품에 안고 있는 모습이.

나는 절망에 빠져 일만 하는 기계요.

이 세상을 다 뒤져도 내가 보살펴야 할 사람도 없고

나를 보살펴주는 사람도 없다오.

이제 내가 하려는 일은 지금껏 해온 그 어떤 일보다 훨씬 더 숭고한 일이다. 나는 지금까지 가본 그 어떤 길보다도 더없이 평화로운 휴식을 향해 갈 것이다.

이 깊은 구렁텅이에서
아름다운 도시가 다시 세워지고
현명한 사람들이 다시 살아 있는 모습을.

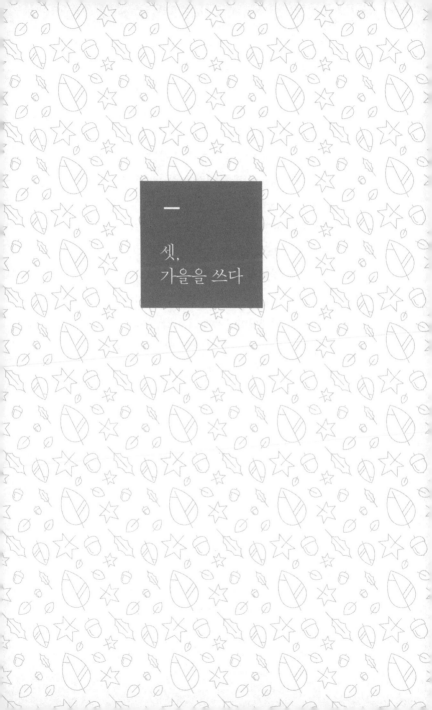

셋,
가을을 쓰다

1960년에 초판이 나온 이래,
50년이 넘는 시간 동안 단 한 번도 절판된 적이 없는 소설,
이번 주를 함께할 하퍼 리의 《앵무새 죽이기》입니다.
흑인에 대한 편견과 차별이 가득하던 시절,
초등학교에 갓 들어간 어린 소녀와 오빠,
그리고 억울하게 누명을 쓴 흑인 아이를 변호하며
아이들을 편견 없는 눈으로 훌륭히 길러내고자 하는
백인 변호사 아빠가 있습니다.
우리 현실 속 이야기가 비춰 보여서일까요?
영특한 남매의 눈으로 보는 이 세상의 부조리는
천진난만하기에 더 따갑습니다.
여전히 많은 것을 이야기하는 《앵무새 죽이기》는
나이가 들수록, 거듭 읽을수록
깊이 있는 내용으로 새롭게 다가옵니다.

앵무새 죽이기

하퍼 리
1926년 4월 28일~2016년 2월 19일

-열린책들-

수백 년 동안 졌다고 해서 시작하기도 전에
이기려는 노력도 하지 말아야 할 까닭은 없으니까.

다른 사람들과 같이 살아가기 전에 나 자신과 같이 살아야만 해.
다수결에 따르지 않는 것이 한 가지 있다면
그건 바로 한 인간의 양심이야.

시작도 하기 전에 패배한 것을 깨닫고 있으면서도
어쨌든 시작하고 그것이 무엇이든 끝까지 해내는 것이
바로 용기 있는 모습이란다.
승리하기란 아주 힘들지만, 때론 승리할 때도 있는 법이거든.

세상에는 이런 부류의 사람들이 있어.
죽은 뒤의 세계를 지나치게 걱정하느라고 지금 이 세상에서
사는 법을 제대로 배우지 못하는 사람들 말이야.

우리는 지금 한 걸음을 내디디고 있는 거야.
아기 걸음마 같은 것이지만 역시 걸음임은 틀림없어.

사람들은 자기보다 똑똑한 사람이 옆에 있는 걸 좋아하지 않아.

화가 나는 거지. 말을 올바로 한다고 해서

그들 중 어느 누구도 변화시킬 수 없어.

그들은 스스로 배워야 하거든.

결국 우리가 잘만 보면
사람은 대부분 모두 멋지단다.

빅토리아 여왕 시대의 영국은
매우 엄격한 윤리관이 지배하던 시대였습니다.
더불어 문학계도 다소 보수적인 분위기였죠.
이런 상황에서 여성의 욕망을 최초로 다룬 작가가 있습니다.
그 작가는 여자 작가라는 이유로 편견이 쏟아질까 봐
'커러 벨'이라는 가명까지 사용하여 출판을 했죠.
그렇게 나온 책이 바로 《제인 에어》입니다.
이 소설은 출간 즉시 사회적 파장을 일으키며
놀라운 성공을 거둡니다.
당시 여성상과 다르게 당당한 주인공 제인 에어가
성실함으로 꿋꿋이 고난과 역경을 극복하고
진정한 사랑을 찾는 이야기죠.
혹시 당신 옆에 있는 사람이 진짜 사랑일까 의심스럽나요?
항상 자신감 없이 웅크리고 있지는 않나요?
이번 주는 《제인 에어》를 읽으며 나를 배워봅니다.

제인 에어

샬럿 브론테
1816년 4월 21일~1855년 3월 31일

-더클래식-

어른들에게 가난은 아주 고약해 보인다.
아이들에게는 더욱더 그렇다.
아이들은 부지런히 일하는 청빈한 가난이라는 말을
이해하지 못한다. 나에게 가난은 타락과 동의어였다.

여자도 남자들과 똑같이 느낀다.
그들의 오빠나 남동생처럼 여자들도
자신의 능력을 연습하고 노력해볼 기회가 필요하다.

나는 이런 상황에서 별로 자존심을 내세우지 않는다.
언제든지 품위를 지키는 것보다 마음이 편한 게 더 좋았다.
나는 그를 쫓아 달려갔다. 그가 계단 아래 서 있었다.

잘못된 길로 가고자 하는 유혹이 생기면
후회를 두려워하시오.
에어 양, 후회는 인생의 독이오.

진정한 삶의 지식을 추구하는 용기 있는 자들에게는
희망과 두려움, 감각과 흥분의 다채로운 장이
기다리고 있다는 사실도 기억해냈다.

제가 자동인형인 줄 아세요? 감정 없는 기계처럼 보이나요?
잘못 생각하셨어요! 나도 당신처럼 영혼을 갖고 있어요.
당신과 똑같이 마음이라는 걸 갖고 있다고요!

세상에 혼자 덜렁 남겨진 듯한 아주 야릇한 기분이었다.
모험의 매력이 그런 기분을 누그러뜨리고
자존심의 온기가 그런 기분을 데워준다.
하지만 그 뒤에서는 두려움의 진동이 그 기분을 어지럽힌다.

셋. 가을을 쓰다

3년에 걸쳐 완성한 작품,

출간될 가능성이 없다고 생각한 작품,

그래서 6년이나 옷장에 있어야 했던 작품.

이 작품의 이름은 마거릿 미첼의 유일한 소설

《바람과 함께 사라지다》입니다.

여성의 사회활동을 달가워하지 않던 남북전쟁 시대.

주인공 스칼렛은 결코 주눅 들지 않습니다.

오히려 그런 자유분방한 성향이 훨씬 더 매력적이었죠.

그래서일까요? 이 책은 예상과 달리 출간 즉시

전 세계를 열광시켰고 곧 영화화되어 온갖 상을 휩쓸었습니다.

이 책은 말합니다.

전쟁이 일어나도, 여자라서 차별받아도

끝까지 나아가는 스칼렛처럼 당신의 오늘은 늘 시작이라고.

지금 당신이 서 있는 그곳이 항상 맨 앞이라고 말이죠.

———

바람과 함께 사라지다

마거릿 미첼

1900년 11월 8일~1949년 8월 16일

-열린책들-

내일은 또
내일의 해가
뜨는 법이니까!

우리는 이제 소유하지 못한 대상들을
너무 심하게 갈망하느라, 그리고 지나치게 많은 추억 때문에,
우리들 자신에게 패배를 당하지.

스스로 자신에 대한 생각을 하게 되었군요.
그것이 지혜의 시작이죠.

미모가 숙녀를 만들지도 않고,
옷이 훌륭한 숙녀를 만들지도 않으니까요.

새로운 경험은 절대로 그냥 놓쳐버리면 안 돼요.
스칼렛, 그것은 이성을 살찌게 하니까요.

그녀는 세상의 어느 누구라도
자기가 정말로 이해한 적이 있었을까
막연히 의아한 생각이 들었다.

세상에서 그나마 가치가 있는 건 오직 땅 한 가지뿐이야.
일할 가치가 있고, 싸울 가치가 있고, 죽을 가치가 있는 건
오직 땅을 위해서뿐이야.

늙은 어부 산티아고는 84일째
물고기 한 마리도 잡지 못합니다.
그러나 노인은 포기하지 않고 바다로 나서죠.
마침내 아름다운 청새치 한 마리를 발견하고
며칠에 걸친 고독한 사투 끝에 겨우 잡아 돌아가는 순간,
피 냄새를 맡은 상어 떼의 공격을 받습니다.
결국 노인은 녹초가 되어 뼈만 남은 물고기를 들고 돌아오죠.
어니스트 헤밍웨이의 마지막 작품 《노인과 바다》는
잔인한 현실에 대한 성숙하고 균형 잡힌 통찰력으로
불굴의 인간상을 조명합니다. 그리고 그 이면에 존재하는
인간의 나약함과 고독도 섬세하게 묘사하고 있죠.
파괴될지언정 패하지 않겠다는 노인의 의지에서
삶에 대한 진정성이 전해집니다.
실패를 극복할 수 있는 용기의 메시지를 읽어보세요.

노인과 바다

어니스트 헤밍웨이
1899년 7월 21일~1961년 7월 2일

-더클래식-

노인은 머리부터 발끝까지 다 늙어버렸지만
그의 두 눈만은 바다색과 꼭 닮아 활기와 불굴의 의지로 빛났다.

셋, 가을을 쓰다

인간은 패배하는 존재로 만들어진 게 아니야.
파괴될 수는 있어도 패배하지는 않지.

희망 없이 사는 것은 어리석은 일이다.
게다가 희망을 버리는 것은 죄악이다.

한 떼의 물오리가 선명하게 나타났다가 흐려지고
다시 또 선명하게 나타나고는 했다.
노인은 그 모습을 보며
바다에서는 누구도 외롭지 않다는 걸 깨달았다.

그런데 만약 한밤중에 상어가 덤벼들면 어떻게 하지?

이제 어떻게 한단 말인가.

싸우는 거야. 죽을 때까지 싸울 거야.

네가 날 죽이는구나, 물고기야. 넌 충분히 그럴 자격이 있다.
나는 일찍이 너처럼 크고 아름답고 침착하며
위엄 있는 물고기를 본 적이 없어.

나는 행운이 어떤 형태로 오든지 그것을 좀 갖고 싶다.

그리고 행운이 요구하는 값을 치르겠어.

어서 환한 불빛이 보이면 좋으련만.

어린 시절 질병으로 한쪽 눈과 한쪽 귀를 잃었고
가난 때문에 1년 만에 대학을 그만둬야 했던 남자.
이후 시작한 교육 사업에서 아내의 돈마저 모두 날린 그를
암울한 인생이라고 해야 할지도 모르겠습니다.
하지만 우리는 이 모든 순간을 글로 풀어낸
시인 새뮤얼 존슨을 '품격 있는 사람'이라고 말하죠.
데이비드 브룩스의 《인간의 품격》은 새뮤얼 존슨 같은
누구나 인정하는 8명의 우아한 사람들의 인생을 통해
인간의 품격이 어디에서, 어떤 과정을 거쳐 만들어지는지
이야기합니다. 신념과 말 한마디, 표정과 몸짓 하나로 지켜내는
인간의 품격에 대해 이야기하죠.
누구나, 마음의 성장판은 닫히지 않았습니다.
올해는 마음이 쑥쑥 자라,
품격이 다른 사람이 되어보길 희망합니다.

인간의 품격

데이비드 브룩스
1961년 8월 11일~

-부키-

깊은 겸손의 계곡으로 몸을 낮춘 그들은
고요하고 평온해지는 법을 배웠다.
그 고요를 통해서만 세상을 더 명확히 볼 수 있었고
타인을 이해하며 타인이 건네는 것을 받아들일 수 있었다.

인격을 닦는 일은 드라마를 통해서도,
일상의 작은 에피소드를 통해서도 가능하다.

중요한 것은 삶이 우리에게 무엇을 기대하느냐다.
삶의 의미가 무엇인지 묻기를 멈추고
날마다 시시각각 삶이 던지는 질문을 들어야 한다.

셋, 가을을 쓰다

우리는 모두 발을 헛디디고 휘청거린다.
삶의 묘미와 의미는 발을 헛디디는 데 있다.

당신과 내가 그렇게 나쁜 일을 겪지 않은 이유의 절반은
드러나지 않은 삶을 충실하게 살아낸 사람들 덕분이다.
그리고 나머지 절반은 아무도 찾지 않는 무덤의 주인들 덕분이다.

인격은 내적 투쟁 과정에서 길러진다.
인격은 자신의 결함과 맞서 싸우는 과정에서 서서히 각인되는
여러 기질, 욕망, 습관들이 합쳐져서 만들어진다.

실수했다는 것을 깨닫고 한계의 무게를 느낄 때

우리는 자신이 도전을 받고 있으며,

극복하고 초월해야 할 상대가 만만치 않다는 것을 깨닫는다.

작년 이맘때는 뭘 하셨나요? 오늘처럼 지냈다고요?

내년 이맘때는 뭘 하실 건가요? 오늘처럼 지내겠죠.

내일은, 다음 달에는, 내년에는 무언가 다른 하루가 될까 하면서도

여전히 우리는 몇 년 전과 똑같은 일상을 삽니다.

그렇다면 세계 여행이라도 가야 할까요?

이번 주에 소개할 책은 쥘 베른의 《80일간의 세계 일주》입니다.

2만 파운드를 걸고 80일 동안 세계 일주에 나선 필리어스 포그.

이 책의 묘미는 전 세계를 무대로 펼쳐지는 이야기인 만큼

여러 민족의 성격과 생활 모습, 각 지방의 풍물입니다.

런던을 출발하여 파리, 수에즈, 아덴, 뭄바이와 콜카타를 거쳐

싱가포르와 홍콩, 요코하마, 샌프란시스코와 뉴욕, 리버풀을 지나

다시 런던으로 돌아오는 긴 여로. 그리고 결말의 기막힌 반전.

탄탄한 이야기 속에서 필리어스 포그와 아우다 부인의 로맨스도

이 책을 읽는 재미 중 하나입니다.

80일간의 세계 일주

쥘 베른

1828년 2월 8일~1905년 3월 24일

-열린책들-

제가 80일 이내, 그러니까 1,920시간,
다시 말해 11만 5,200분 이내에 세계 일주를 한다는 걸 놓고
2만 파운드를 걸겠습니다. 받아들이시겠습니까?

오늘이 10월 2일 수요일이니까,

12월 21일 토요일 저녁 8시 45분까지 리폼 클럽 휴게실로

돌아와야 합니다. 만약 그러지 못하면

2만 파운드는 법적으로 여러분 소유가 됩니다.

필리어스 포그는 절대 서두르지 않고 늘 준비된 상태며
걸음이나 동작을 낭비하는 법이 없었다.
그는 이 세상에서 제일 느긋한 사람이었지만,
늘 제시간에 도착했다.

그는 살아가면서 다른 사람과 교제를 해야 한다는 것을
알고는 있지만, 그것이 늦어지면서,
결국 아무도 만나지 않게 되었다.

아우다 부인은 미소를 지었다.

포그 씨는 자신의 목숨을 구해준 은인이었다. 생명의 은인이
아무리 별난 사람이라고 해도 감사하는 마음은 변함이 없었다.

하지만 이 영국 신사는 아무것도 묻는 법이 없었다.
필리어스 포그는 여행을 하는 것이 아니라,
지구의 둘레를 따라가고 있었다.

그는 합리적으로 세계를 돌며 자신의 궤도를 완성할 뿐,
자기 둘레를 도는 소행성은 신경 쓰지 않았다.

17세기경 스페인의 라만차 마을.
한 신사가 한창 유행하던 기사 이야기에
심취한 나머지 정신 이상을 일으킵니다.
그리고 스스로를 '돈키호테'라고 부르며 모험을 떠나게 되죠.
현실과 환상이 뒤죽박죽된 돈키호테는
여러 가지 기상천외한 사건들을 일으킵니다.
그는 가는 곳마다 현실 세계와 충돌하며
참담한 실패와 패배를 맛보지만
용기와 고귀한 뜻을 조금도 꺾지 않죠.
400년이 지났는데도 뮤지컬로, 오페라로 재생산되며
꾸준히 읽히는 이유는
인간이란 어쩌면 이상과 현실 사이에서 끊임없이
고민해야만 하는 존재이기 때문이 아닐까요.
어른이 되어 다시 읽는 《돈키호테》.
이제는 어떤 사람으로 느껴지시나요?

돈키호테

미겔 데 세르반테스
1547년 9월 29일~1616년 4월 23일

-열린책들-

운명이 나의 정당한 소원을 완전히 들어주지는 않을지라도,
그 일부조차 들어주지 않을 만큼 막강하지는 않을 거야.

그렇다고 하더라도 자네가 알아둬야 할 것은,
산초여 세월과 함께 잊히지 않는 기억은 없고,
죽음과 함께 끝나지 않는 고통은 없다는 걸세.

사랑의 신이 신이라면 모르는 게 없을 것이고,
신은 잔인할 수 없다는 말 당연한데,
내가 사랑하고 또 아파하는
이 무시무시한 괴로움은 대체 누구 때문이란 말인가?

이성의 논리 속에서 이해관계를 따지며 사는 것이 옳은 삶인지,
아니면 진정 우리가 꿈꾸는 것이 불가능한 꿈이라 할지라도
실현시키고자 하는 것이 옳은 삶인지.

사랑의 원칙에 따르면,
불가능한 사랑은 빨리 깨면 깰수록
좋은 처방이 되기도 하지요.

그 넓은 가슴에 느끼는 수치는 누가 보고 있기 때문이 아니라,
하늘과 땅 이외에는 아무도 모른다 할지라도
실수한 자신이 부끄러워서이리라.

글은 백발로 쓰는 게 아니고 분별력으로 쓰는 것이며,
분별력은 나이가 들수록 더 나아지곤 한다.

버지니아 울프는 '의식의 흐름'이라는 서술 기법을 발전시킨
모더니즘 소설의 대표 작가로 손꼽힙니다.
13세 때 어머니가 세상을 떠나면서 처음으로 신경쇠약을 겪고,
9년 후 아버지마저 죽자 신경쇠약이 재발하여 자살을 기도하죠.
이후 화가인 언니와 살면서 많은 지식인, 예술가들과 교류하며
평론, 집필, 강연 등 활발한 활동을 펼치지만
결국 남편에게 마지막 편지를 남기고
이른 아침 강가에서 스스로 삶을 마감합니다.
《댈러웨이 부인》은 하루 동안 벌어지는 일을 담고 있지만,
버지니아 울프는 '의식의 흐름' 기법을 이용하여
댈러웨이 부인과 주변 인물들의 과거와 현재를 넘나들며
그들의 내면을 자세히 표현하죠.
읽다 보면 감탄할 만한 사유의 깊이와 아름다운 문장들,
특히 순간을 포착해내는 예리함이 인상 깊습니다.

댈러웨이 부인

버지니아 울프
1882년 1월 25일~1941년 3월 28일

-열린책들-

왜 그렇게 삶을 사랑하는지, 어떻게 삶을 그렇게 보는지,
삶을 꿈꾸고 자기 둘레에 쌓아 올렸다가는 뒤엎어버리고
매순간 새로 창조하는지, 하늘이나 아실 일이다.

이상하고, 믿을 수 없는 일이지만,
이렇게 행복해본 적이 없었다.
모든 것이 좀 더 천천히 지나갔으면,
좀 더 오래 지속되었으면 싶었다.

더 이상 두려워하지 말라고 마음이 말했다.
마음은 그렇게 말하며 자신의 짐을 바다에 내던졌다.

샛, 가을을 쓰다

그녀는 칼처럼 모든 것을 저미고 지나가지만,
그러면서도 밖에서 구경을 하는 듯했다.
단 하루라도 산다는 것은
아주, 아주 위험한 일이라는 느낌이 떠나지 않았다.

죽음은 도전이었다. 죽음은 도달하려는 시도였다.
사람들은 그 중심이 왠지 자신들을 비켜가므로
점점 더 거기에 도달할 수가 없다고 느낀다.

양팔에 자기 인생을 안고서, 그들에게 다가갈수록
인생은 그녀의 품 안에서 점점 커져서,
마침내 하나의 생애가, 온전한 삶이 되었다.

그는 죽고 싶지 않았다.
산다는 건 좋은 일이었다.

고위 관리인 알렉세이 카레닌의 아내 안나는
어느 날 젊은 백작과 사랑에 빠지고,
사교계와 가족에게 외면당합니다.
한편 레빈이라는 남자는 대도시의 삶을 뒤로하고
시골에서 농장을 운영하며 살아갑니다.
사랑하는 여인에게 청혼했다가 거절당한 후에는
시골 생활에 몰두하며 농촌의 현실과 종교에 대해 고민하죠.
톨스토이는《안나 카레리나》에서
삶의 방식과 태도, 가치관 등 모든 면에서 상반된 두 인물을 통해
전쟁, 농민, 부정부패, 종교, 결혼 제도 등을 이야기합니다.
19세기 러시아가 낳은 위대한 예술가 톨스토이,
그가 남긴 최고의 리얼리즘 소설《안나 카레리나》.
이번 주는 위선, 질투, 욕망, 사랑, 종교 등에 대한
톨스토이의 모든 고민을 느껴보세요.

안나 카레리나

레프 톨스토이
1828년 9월 9일~1910년 11월 20일

-더클래식-

행복한 가정은 모습이 다들 비슷비슷하지만
불행한 가정은 저마다 다른 이유가 있다.

내게 당신과 나는 하나니까요.

그리고 앞으로 당신과 내게 평온은 없을 겁니다.

내 눈에는 절망과 불행이 아니면 행복, 이 두 가지만 보입니다.

이건 내 스스로의 감정이 아니라 어떤 외부의 힘 때문이야.
하지만 이 문제를 해결하지 않고서는
그 어떤 것도, 내 삶까지도 존재할 수 없다는 걸 깨달았어.

저 남자는 날 안다고 착각한 모양이야.
이 세상의 어느 누구도 나에 대해 다 알지 못하듯
저 남자도 날 몰라. 나 자신도 날 모르겠는걸.

나는 우정이 필요한 게 아닙니다.
내 인생에는 하나의 행복이 필요할 뿐이죠.
당신이 그토록 두려워하는 그 말……, 바로 사랑입니다.

그는 자신이 꺾어서 이미 꽃은 시들어버렸는데,
꽃을 꺾을 수밖에 없게 만든 그 꽃의 아름다움을,
그 시든 꽃에서 다시 찾으려고 애쓰는 사람처럼 그녀를 바라봤다.

난 그 애 없이도 잘 살았고
그 애를 다른 사랑과 바꾸고도 그 사랑에 만족해하면서
그렇게 바꾼 것을 불평하지도, 후회하지도 않았어.

우리는 언젠가 죽을 거라는 사실을 잘 알면서도
삶의 유한성을 깨닫지 못합니다.
삶이 유한하다는 것을 깨닫는 순간이 오면,
아침마다 그릇에 반찬을 덜어내는 엄마의 모습,
붐비는 지하철을 타고 가는 출근길,
매일 반복되는 일상의 스트레스마저도 소중하게 느껴지겠죠.
의사인 이 책의 저자는 갑작스럽게 시한부 판정을 받았습니다.
그리고 남은 생을 낱낱이 고찰하며 에세이로 남겼죠.
성숙한 정신세계를 가진 한 남자가
죽음과 용감하게 대면하는 태도를 보며 많은 생각을 하게 됩니다.
생의 마지막 순간 나에게 가장 소중한 것은 무엇일까요?

숨결이 바람 될 때

폴 칼라니티
1977년 4월 1일~2015년 3월 9일

-흐름출판-

죽음은 누구에게나 찾아오는 순회 방문객과도 같지만,
설사 내가 죽어가고 있더라도 실제로 죽기 전까지는
나는 여전히 살아 있다.

나는 다윈과 니체가 한 가지 사실에 동의했다는 생각이 들었다.
생물을 규정짓는 특징은 분투노력이라는 것이다.

수년을 죽음과 함께 보낸 후 나는 편안한 죽음이
반드시 최고의 죽음이 아니라는 사실을 깨달았다.
우리는 죽어가는 대신 계속 살아가기로 결심했다.

생사가 낮과 밤처럼 연결되어 있기 때문에
우리는 비로소 인생을 견디고 또 인생의 의미를 찾아낼 수 있다.
폴에게 벌어진 일은 비극적이었지만,
폴의 인생은 비극이 아니었다.

네가 어떤 존재로 살아왔는지, 무슨 일을 했는지,
세상에 어떤 의미 있는 일을 했는지
설명해야 하는 순간이 온다면, 죽어가는 아빠의 나날을
기쁨으로 채워줬음을 빼놓지 말았으면 좋겠구나.

"이렇게 내가 당신 가슴에 머리를 대고 있어도 숨 쉴 수 있어?"

그러자 남편은 대답했다.

"이게 내가 숨을 쉴 수 있는 유일한 방법이야."

어떤 사람이 세상을 떠난 뒤에도
똑같이 그 사람을 사랑할 수 있고,
끔찍한 슬픔과 무게를 못 견디고 슬퍼하더라고
여전히 사랑과 감사를 느낄 수 있다는 생각을 미처 하지 못했다.

오 헨리의《마지막 잎새》는 단편이지만
진한 울림으로 많은 이들의 사랑을 받았죠.
사실 그의 단편들에 삶의 애환이 담겨 있는 것은
나름의 이유가 있습니다.
그의 생애도 순탄치만은 않았기 때문이죠.
어린 나이에 폐결핵으로 어머니를,
알코올중독으로 아버지를 잃었고,
어른이 되어서는 의도치 않은 공금횡령으로
도피자 신세가 되었으니까요.
결국 아내가 위독하다는 소식에 돌아와
옥살이까지 해야 했던 그는 참 고단한 삶을 살았습니다.
《마지막 잎새》는 약한 자들의 짧고 간단한 이야기지만
그 안에 담긴 메시지가 진한 것은 이 때문이겠지요.
이번 주는《마지막 잎새》를 읽으면서
내 삶의 의미를 찾아보세요.

마지막 잎새

오 헨리

1862년 9월 11일~1910년 6월 5일

-더클래식-

외로운 담쟁이 잎은 벽에 붙은 줄기에 매달려 있었다.

이윽고 밤이 되자 북풍은 다시 몰아쳤고

비는 창문을 두드리며 네덜란드식 처마 아래로 후드득 떨어졌다.

세상에서 가장 고독한 것은
미지의 먼 여행을 준비하는 영혼이다.
우정 그리고 이 세상에 묶어주었던 끈이 하나둘 풀리면서
망상은 더욱 강하게 그녀를 사로잡는 듯했다.

사나운 비바람이 밤새 몰아쳤는데도
담쟁이 잎 하나가 아직도 벽돌 벽에 붙어 있었다.
덩굴에 남은 마지막 잎이었다.

만약 저 아가씨가 이번 겨울에 유행할 외투 소매가 궁금해서
당신에게 물어본다면, 당신이 그렇게만 만들 수 있다면,
살아날 가능성은 열에 하나가 아니라 다섯에 하나가 될 거요.

이젠 기다리는 것도 지쳤어. 생각하는 것도 지쳤고.
전부 다 내려놓고 아래로 아래로 떠내려가고 싶어.
저 가엾고 지친 나뭇잎처럼.

날이 밝자마자, 존시는 커튼을 올려달라고 득달같이 요구했다.

그런데 담쟁이 잎은 여전히 매달려 있었다.

존시는 누운 채로 오랫동안 그 잎을 보고 있었다.

그런데 얘, 창밖의 마지막 담쟁이 잎을 봐.
바람이 불어도 팔랑거리거나 움직이지 않는 게
이상하지 않았니?

1892년 미국에서 태어난 한 여자아이는
부모를 따라 중국으로 갑니다.
중국은 여성의 발 크기를 아이 손바닥만 하게 잡아두는
전족 문화가 남아 있던 시절이었죠.
어머니는 딸이 신식 교육을 받기를 원했고,
소녀는 미국으로 돌아가 공부를 하고 결혼도 합니다.
평탄한 인생이었냐고요?
중국 역사의 흐름에 휘말려 온 가족이 몰살당할 뻔했고
큰딸은 심각한 지적 장애아였죠.
하지만 그녀는 그래서 불행해진 게 아니라 글을 썼다고 합니다.
바로 노벨문학상 수상자이자 세기의 소설가 '펄 벅'입니다.
문학적 영감을 주면서도 애틋하고 안타까웠던 딸을 떠올리며
엄마로서, 여성으로서 인생 조언을 담은 책이 있습니다.
바로《딸아, 너는 인생을 이렇게 살아라》입니다.
펄 벅의 한 마디 한 마디는
여성으로 살아가는 내 삶에 울림과 등불이 되어줍니다.

딸아, 너는 인생을 이렇게 살아라

펄 벅

1892년 6월 26일~1973년 3월 6일

-책비-

문제는 네가 그를 사랑하지 않게 되었다든가,
그가 더는 너를 사랑하지 않는다든가가 아니라
네가 대체 누구인가 하는 거야.

너희 두 사람이 늘 함께 있기를 바란다.
혼자 앞서 가게 하거나 뒤처지게 두지 말고
사랑이 지속되는 한 언제나 함께 있도록 해.

진정한 여성성은
자신이 아닌 다른 것을
흉내 내지 않는다.

그렇다. 삶은 기쁨이어야 한다.
우리는 광대한 우주의 생명 가운데 일부로서 그 개체들과 더불어
이 삶을 더 행복하고 유익하게 가꿔갈 의무가 있다.

아무리 가족이라도 남편에게 평생 부양받을 권리는 없단다.
일을 한다는 것은 인간이 누릴 수 있는 최고의 특권이란다.

317
셋, 가을을 쓰다

그와 겨루려고 하지 말거라.

사랑하는 사람 사이에 경쟁 따위는 있을 수 없는 거야.

사랑하는 사람들이 싸운다면 그것만으로도 이미 둘 다 진 거야.

그 사람이 어떤 커피를 좋아하는지, 어떤 아픔이 있는지,
사소한 것부터 가장 깊은 부분에까지 알아가고 배우렴.
성장하지 않는 애정은 사그라드는 법이란다.

'아들러 심리학'을 연구한 뒤 현재 일본에서
카운슬링과 집필, 강연을 왕성하게 하고 있는 이가 있습니다.
"인간관계는 어차피 고민해도 소용없다.
대신 지금 무엇을 할 수 있을까에 집중하라."
그는 먼저 나를 바꾸는 게 가장 근본적인 방법이며,
당장은 아니라도 결과적으로
사람들과 관계가 바뀔 거라고 말합니다.
내가 그들을 바꿀 수는 없어요.
그러니 내가 당장 할 수 있는 일에만 신경 쓰면,
그들도 나를 따라 점점 변할 거예요.
이번 주에 함께할 책은
기시미 이치로의《아들러에게 인간관계를 묻다》입니다.
이 책은 인간관계에 대한 여러 사례를 보여주며
우리가 처한 다양한 문제에 대해 길잡이가 되어줍니다.

아들러에게 인간관계를 묻다

기시미 이치로
1956년~

-카시오페아-

나에 대한 남의 평가는
그 사람의 생각일 뿐이다.
나 자신의 가치와는 아무 관계가 없다.

타인의 마음을 알 수 있는 가장 쉬운 방법은
상대의 마음을 읽는 것이 아니라 묻는 것이다.
나라면 이럴 거라며
상대방의 마음을 멋대로 읽는 것보다 안전하다.

변할 수 있는 것은 오로지 자신뿐이다.
근본적으로 타인을 바꾸는 일은 불가능하다.
상대를 바꿀 수는 없지만 자기 자신은 바꿀 수 있다.

고민을 위해 고민하는 사람이 있다.
고민하는 동안에는 결정하지 않아도 되기 때문에
고민하면서 도무지 결단을 내리지 못한다.

그저 평범할 수 있는 용기를 가지면 된다.
일부러 남과 달라야 한다는 생각에서 벗어날 때
비로소 삶이 절박해지지 않는다.

거절하면 그때 가서 생각해도 늦지 않다.
상대가 어떻게 생각할까에 신경을 곤두세우는 사람은
지금 당장 해야 할 일을 하지 못한다.

지금 여기에 살자.
해야 할 일과 하고 싶은 일이 있더라도
할 수 있는 일부터 시작하자.

—

넷,
겨울을 쓰다

천상의 목소리를 지녔지만 흉측한 외모 때문에
오페라극장 지하에서 숨어 살아가는 팬텀.
이번 주는 오페라 여가수 크리스틴을 짝사랑하는
그의 안타까운 사랑 이야기 속으로 들어가봅니다.
가스통 루르는 코난 도일과 디킨스의 영향을
아주 많이 받았다고 알려져 있습니다.
그들의 영향을 받은 만큼 주로 탐정 심리 소설을 썼고
타의 추종을 불허하는 독창성을 지녔다는 찬사를 받고는 했죠.
그중 《오페라의 유령》이 가장 널리 알려진 작품입니다.
독창적인 심리 묘사를 따라가다 보면
내가 그녀를 사랑하는 것 같고,
내가 그의 사랑을 받는 것 같은 기분이 들죠.
팬텀인 에릭의 외모는 비록 흉측했지만
그의 사랑은 목소리만큼이나 아름다웠습니다.
목숨과도 맞바꿀 만한 인생을 건 사랑,
과연 그 사랑은 어떤 모습일까요? 마냥 아름다울까요?

오페라의 유령

가스통 루르
1868년 5월 6일~1927년 4월 15일

-더클래식-

몇 달 전부터 검은 연미복을 입고 마치 그림자처럼
오페라극장 여기저기를 배회하는 유령 이야기로 떠들썩했다.
유령은 아무에게도 말을 걸지 않았고
누구도 감히 말을 걸지 못했다.

크리스틴, 넌 언젠가 천사의 목소리를 듣게 될 거다.
내가 하늘나라로 올라가면
네게 꼭 천사를 보내주마. 약속하지.

그는 보통 사람들처럼 평범하게 살아가고 싶었을 뿐이다.

하지만 그의 모습은 너무 흉측했다.

그는 자신의 특별한 재능을 감추거나

장난을 치는 것밖에 할 수 없었다.

갑자기 극장 안은 온통 암흑천지가 되었다.
하지만 당황한 관객들이 소리를 지를 새도 없이
곧 다시 환해졌다. 그런데 크리스틴 다에가 없었다.
크리스틴은 어디로 가버렸지?

그녀의 눈물이 내 가면 속 얼굴을 적셨고
내 눈물과 섞여 뒤범벅이 되었다네.
난 그녀의 눈물을 한 방울도 버리고 싶지 않아서
가면을 벗어던졌어. 그런데도 날 피하지 않더군.

햇빛은 저렇게 밝게 빛나지만
밤에 활동하는 새들은 저 빛을 싫어하죠.
햇빛이 환하게 빛나는 낮에는 그를 본 적이 한 번도 없답니다.
이렇게 환한 곳에서 본다면 정말 끔찍할 거예요…….

이마를 아주 조금, 아주 조금 나를 향해 내밀었다네…….
내 어머니조차 내가 키스하는 걸 원하지 않았어…….
엄마는 뒤로 물러서면서 내게 가면을 던져주었지…….

절제된 감성으로 토속적 시어를 활용한
한국의 대표 모더니즘 시인, 백석.
1936년 시집《사슴》을 딱 100부 발행했고,
가격은 2원이었습니다.
다른 시집보다 2배나 비싼 가격이었지요.
윤동주 시인이 이 시집을 구하지 못해
도서관에서 빌려 필사를 한 일화는 유명합니다.
백석은 평안도의 지명과 방언, 고어를 활용하며
실향 의식을 바탕으로 우리의 일상을
현실감 있게 그려냈습니다.
일제 강점기 속에서도 우리말을 지키려 노력한
의지의 표현이었죠.
그 어떤 핍박에도 굴하지 않고 지켜온
그만의 아름답고 깊은 시 언어.
그 속에 담긴 마음은 100년이 지난 지금도
우리를 울리고 있습니다

사슴

백석
1912년 7월 1일~1996년 1월

-더스토리-

나타샤와 나는
눈이 푹푹 쌓이는 밤 흰 당나귀 타고
산골로 가자 출출이 우는 깊은 산골로 가 마가리에 살자.

339

넷, 겨울을 쓰다

아카시아들이 언제 흰 두레방석을 깔었나
어데서 물쿤 개비린내가 온다.

박을 삶는 집
할아버지와 손자가 오른 지붕 위에 하늘빛이 진초록이다.
우물의 물이 쓸 것만 같다.

넷, 겨울을 쓰다

우리들은 가난해도 서럽지 않다.
우리들은 외로워할 까닭도 없다.
그리고 누구 하나 부럽지도 않다.

새벽녘의 거리엔 쾅쾅 북이 울리고
밤새껏 바다에선 뿡뿡 배가 울고
자다가도 일어나 바다로 가고 싶은 곳이다.

넷, 겨울을 쓰다

바닷가에 왔드니
바다와 같이 당신이 생각만 나는구려.
바다와 같이 당신을 사랑하고만 싶구려.

나는 길다랗고 파리한 명태다.
문턱에 꽁꽁 얼어서
가슴에 길다란 고드름이 달렸다.

넷, 겨울을 쓰다

대학생 라스콜리니코프.

그는 늙고 이기적인 전당포 여주인을 살해합니다.

가난한 자들의 피를 빨아 먹으며 살아가는 그녀가

'사회악'이라고 생각했기 때문이죠.

그는 노파를 죽인 것은 인류를 위한 헌신이니

자신의 살인이 정당하다고 생각합니다.

도스또예프스끼는 한 대학생의 범죄를 통해

이성과 감성, 선과 악, 신과 인간 등을 예리하게 해부합니다.

인간의 내면을 깊숙하게 파고들어가는 그의 글을 읽다 보면

마치 그 사건을 같이 겪고 있는 것처럼 느껴지죠.

20세기 사상과 문학 전반에 영향을 미친 전무후무한 작가,

도스또예프스끼의 문장을 통해

우리는 무엇을 사색해볼 수 있을까요?

죄와 벌

표도르 도스또예프스끼

1821년 11월 11일~1881년 2월 9일

-열린책들-

그런 일을 저지르려고 하면서,
이토록 하찮은 일을 두려워하다니!

넷, 겨울을 쓰다

말만 너무 많이 하니까,
아무 일도 하지 못하는 거야.

내가 보기에 진정으로 위대한 사람들은
이 세상에서 위대한 슬픔을 느껴야 한다고 생각해.

내가 과연 노파를 죽인 걸까?
나는 나 자신을 죽였어.

그는 이 순간 모든 사람과 모든 것으로부터
자기 자신을 가위로 도려낸 것만 같은 느낌이 들었다.

라스콜리니코프는 소냐가 영원히 그와 함께 있으리라는 것을,
운명이 어디로 이끌든지 세상 끝까지라도
그의 뒤를 따르리라는 것을 한순간에
느끼고 깨달았다. 그의 심장은 뒤집어지는 것 같았다.

병들어 창백한 얼굴에서는 이미 새로워진 미래의 아침노을,
새로운 삶을 향한 완전한 부활의 서광이 빛나고 있었다.
그들을 부활시킨 것은 사랑이었고.

에밀리 브론테는 어려서부터
진정한 시인의 자질이 보인다고 할 정도로
문학에 조예가 깊었죠.
하지만 안타깝게도《폭풍의 언덕》한 작품을 남긴 채
서른 해의 짧은 생을 마감하고 맙니다.
사실《폭풍의 언덕》은 당대 문학계에서는
반도덕적이라며 비난과 홀대를 받았습니다.
다소 딱딱한 시대상과 맞지 않았던 거죠.
그러나 그녀의 작품은 훗날
전 세계를 휩쓴 로맨스 소설에 등극하며
현대까지 많은 작품의 모티브가 되고
많은 사람의 사랑을 받고 있습니다.
제목처럼 폭풍 같은 감정선과 날것의 묘사가
몇백 년이 지나도 살아 있을 수 있던 비결이 아닐까요.

폭풍의 언덕

에밀리 브론테
1818년 7월 30일~1848년 12월 19일

-더클래식-

내가 히스클리프를 얼마나 사랑하는지 그 애가
알아서는 안 돼. 내가 그를 사랑하는 이유는 그가 나보다도
더 나 자신이기 때문이야. 우리의 영혼이 무엇으로 만들어졌든
그의 영혼과 내 영혼은 똑같아.

모든 게 죽어 없어져도 그만 남아 있다면 난 계속 존재할 거고
다른 모든 게 있더라도 그가 사라진다면
내게 온 세상은 아주 낯선 곳이 되고 말 거야.

히스클리프에 대한 내 사랑은

나무 아래에 있는 영원한 바위와 같아.

눈에 보이는 기쁨은 아니지만 꼭 있어야 해.

넬리, 내가 바로 히스클리프야. 그는 언제나 내 마음속에 있어.

그 행복에도 끝이 왔죠.
우리 인간은 결국 자신만을 위하나 봅니다.
상황이 변해 상대방이 자기를 가장 중요하게 여기지 않는다고
느끼자, 그들의 행복도 결국 끝이 나고 말았죠.

넌 날 사랑했어. 그런데 무슨 권리로 날 버린 거야?
무슨 권리로……. 불행도, 타락도, 죽음도, 신이나 악마가
우리에게 할 수 있는 어떤 것도 우리를 갈라놓을 수 없었는데,
네가 바로 그렇게 한 거야.

넷, 겨울을 쓰다

흘러가는 구름마다, 나무마다, 밤이면 들이쉬는 공기마다,
낮이면 눈에 보이는 온갖 물체 속에, 심지어 내 얼굴에서조차
그녀를 닮은 점이 눈에 띄어 날 괴롭힌단 말이야.

난 헤어턴의 모습에서
내 불멸의 사랑, 내 권리를 지키려는 열렬한 노력,
나의 비천했던 시절, 나의 자존심, 행복, 고뇌 등을 봤던 거야.

강아지 토토와 함께 회오리에 휩쓸린 도로시는
집으로 돌아가기 위해 오즈의 마법사를 찾아 여행을 떠납니다.
뇌를 갖고 싶어 하는 허수아비,
심장을 갖고 싶어 하는 양철 나무꾼,
용기를 얻고 싶어 하는 사자와 함께
지혜와 사랑, 용기로 위기를 헤쳐나가죠.
영화, 뮤지컬, 애니메이션 등으로 널리 알려진 《오즈의 마법사》.
저자 프랭크 바움은 이 꿈같은 이야기 속에서
도로시와 친구들을 통해 무엇을 말하고 싶었을까요?
혹시 자신의 진정한 가치를 발견하기를 바란 것은 아닐까요?
결국, 자신을 변화시킬 수 있는 마법은
바로 내 안에 있다는 사실을 말이죠.
혹시 마법을 바라시나요?
바라는 것들을 한번 적어보는 건 어때요?
내가 갖고 싶은 심장과 기적은 이미 갖고 있을지도 몰라요.

오즈의 마법사

프랭크 바움
1856년 5월 15일~1919년 5월 6일

-더클래식-

난 심장이 더 좋아.
뇌는 사람을 행복하게 해줄 수 없어.
행복이 세상에서 가장 소중한 거니까.

넷, 겨울을 쓰다

네게 필요한 것은 자신감이야.

위험에 처했을 때 두려움을 느끼지 않는 생물은 아무도 없어.

진정한 용기는 두려울 때 위험에 맞서는 거야.

들어가는 길이 있다면 나가는 길도 있겠지.
에메랄드 시가 길 끝에 있으니까 이 길이 있는 대로 가야 해.

아무리 황량하고 따분해도 사람들은
세상 어떤 아름다운 곳보다 고향에서 살고 싶어 하지.
세상에서 고향만 한 곳은 없거든.

살과 피로 이루어졌다는 것은 정말 불편하구나.

잠도 자야 하고 먹고 마셔야 하니까.

하지만 두뇌를 가진 거니까 그런 불편 정도는 감수할 만하지.

양철 나무꾼은 작은 개미 한 마리도
밟지 않으려고 비켜서 걸었다.
자신이 심장이 없다는 것을 알기에 절대로
잔인하거나 불친절하게 굴지 않으려고 아주 신경을 썼다.

넌 뇌가 필요 없어. 넌 매일 뭔가를 배우잖아.
아기도 뇌가 있지만 아는 건 없어. 경험만이 앎을 가져다주지.
세상을 살면서 많은 경험을 할수록 지혜를 얻게 되는 거야.

넷, 겨울을 쓰다

철학자, 작가, 여성운동가 등 모든 분야에서 성공을 거둔 여인,

여성 최초로 파리 센 강의 다리에 이름이 붙여진 여인,

'페미니스트의 대모' 보부아르입니다.

이번 주는 그녀의 자전적 소설

《모스크바에서의 오해》 속으로 들어가봅니다.

"변하지 않았고 또 앞으로도 변하지 않을 한 가지 사실은,

무슨 일이 일어나든 또한 내가 어떤 사람이 되더라도

난 그대 보부아르와 늘 함께하리라는 사실이라오."

샤르트르의 말입니다.

소설은 실제 50년을 함께한 영혼의 동반자 샤르트르와 본인을

똑 닮은 한 노부부의 이야기입니다.

서로를 잘 알기에 오해할 수밖에 없었던 부부의 인생과

여성으로서 노화를 맞이한 솔직한 심정을 고백하죠.

노인이라는 것은 무엇일까요? 늙음과 노년은 무엇일까요?

우리는 너무도 쉽게 이 단어를 정의해버린 것은 아닐까요?

모스크바에서의 오해

시몬 드 보부아르

1908년 1월 9일~1986년 4월 14일

-부키-

그이가 나에게 어떤 존재인지 안다고 해서,
내가 그이에게 어떤 존재인지까지 알 수는 없어.

운명의 무게를 지니게 되리라.

그리고 그 운명은 가벼워지지 않으리라.

추문은 정의된 채로, 만들어진 채로, 멈춘 채로 남는 법이다.

덧없는 순간들이 덧붙고, 은폐물이 생겨 덫을 놓기 때문이다.

어른, 심지어 늙은이라는 것이 결국 뭐겠니?
나이 먹은 아이들일 뿐이야.

넷, 겨울을 쓰다

상대를 만족하게 한다는 이유로
사랑을 받는 것은
궁극적으로 사랑받는 게 아니라 이용당하는 것이다.

대화를 나눌 수 있다는 것은 큰 행운이야.
우리는 반드시 이야기를 나눠야 했어.

무조건 참는 것도
어리석은 짓이었다.

난 결심하지 않고도
당신을 사랑했어.

넷, 겨울을 쓰다

'떠오르는 미국의 별'이라 불리는 폴 오스터는
독특한 소재에 팽팽한 긴장감, 은은한 감동을
뒤섞는 데 천부적인 작가죠.
그의 대표작인 뉴욕 3부작 〈유리의 도시〉, 〈유령들〉, 〈잠겨 있는 방〉은
현대 뉴욕을 배경으로 벌어지는 일련의 사건을
추리 기법으로 풀어냈습니다.
세 편 모두 탐정 소설 형식을 빌려왔지만
작품 속 탐정들은 어떠한 미궁의 사건보다도
더 혼란스러운 경험을 하게 됩니다.
실타래 끝을 잡고 용감히 미로 안으로 전진하지만
미로 안으로 가장 깊숙이 들어갔을 때 실타래 끝을 놓치고 말죠.
독립된 형태로 존재하면서도 느슨한 연결고리를 가진 소설.
추리 소설의 형식을 뒤엎고 완전히 새로운 장을 연
그만의 추리 세계로 여행을 떠날 시간입니다.

뉴욕 3부작

폴 오스터
1947년 2월 3일~

-열린책들-

사서 고생을 해봐.
미지의 것을 알아내려고 해보라니까.

넷. 겨울을 쓰다

누구도 경계를 넘어 다른 사람 속으로 들어갈 수는 없다.
누구도 자기 자신에게 다가갈 수 없다는
바로 그 간단한 이유로.

진실은 내가 그랬으면 하는 것보다
훨씬 더 복잡하다.

넷, 겨울을 쓰다

내일은 내가 어떤 사람이 될지 알 수 없어요.
하루하루가 새롭고 나는 매일같이 새로 태어나니까요.
나는 어디에서나, 심지어는 어둠 속에서도 희망을 봐요.

나는 이제 홀로 선 사람이야.

그는 속으로 그렇게 다짐을 둔다.

다른 누구도 아닌 나 자신에게 책임이 있는 홀로 선 사람.

나로 말하자면 즐거운 날도 있었고 힘든 날도 있었다.
힘든 날이 오면 즐거웠던 날들을 생각하지.
기억이란 위대한 축복이란다. 피터, 죽음 다음으로 좋은 거지.

어쩌면 그것이 그의 가장 큰 재능일 것이다.
절망을 하지 않는다는 것이 아니라
오랫동안 절망하는 일이 없다는 것이.

'당신 이전의 나'는 어떤 사람이었을까요?
여자를 만나고 꿈같은 삶을 산 남자와
남자를 만나고 꿈을 선물받은 여자의 이야기.
영국에서 입소문만으로 최고의 베스트셀러가 된
조조 모예스의 소설《미 비포 유》입니다.
전신 마비 환자 윌과 그의 간병인으로 취직한 루이자는
서로의 아픔을 채우며 어느새 사랑에 빠집니다.
그러다 루이자는 윌이 존엄사를 원한다는 걸 알아차리죠.
이후 윌의 시간을 붙잡아보려 애를 쓰지만 윌은 단호합니다.
이 책은 다소 파격적인 문제인 '존엄사'를 다루고 있습니다.
죽을 권리와 꿈을 꿀 권리에 대해 아주 깊이 생각하게 하죠.
지금 나는 내 권리보다 의무에 얽매여 있는 건 아닐까.
그들의 이야기로 답을 찾아봅니다.

미 비포 유

조조 모예스
1969년 8월 4일~

-살림-

마음이여 아무 데나 앉지 말고
아무 데나 앉히지 말라.

지금과 달라질 수 있다고,
자라나든 시들어 죽어가든 삶은 계속된다고,
우리 모두 그 위대한 순환 고리의 일부라고.

사랑이 있다면 계속 살아갈 수 있다는 느낌을 가질지도 몰라요.
사랑이 없었다면 아마 저는
수백 번도 넘게 절망에 빠졌을 겁니다.

여전히 가능성이 있다는 걸 알고 사는 건,
얼마나 호사스러운 일인지 모릅니다.

어떤 실수들은 유달리 커다란 후유증을 남기죠.
그렇지만 그런 일이 못 일어나게 하는 게,
당신이 가진 선택권이니까.

혹시 이런 거 알아요? 이 세상에서 나로 하여금
아침에 눈을 뜨고 싶다는 생각이 들게 만드는 건
오로지 당신밖에 없다는 거.

그 밤의 일이 나라는 존재를 규정해서는 안 된다고 했잖아요.

나를 규정하는 게 뭐든 내가 선택할 수 있다고 했잖아요.

그러니까 이 휠체어가 당신의 존재를 좌우하게 하지 말아요.

점차 세월이 흐를수록

갑작스러운 부고를 들을 일도 많아집니다.

그럴 때마다 죽음은 갑자기 온다는 말을 실감하게 되죠.

우리는 언제가 될지 모르는 그날을 생각하며

불안 속에 하루하루를 보내야만 할까요?

500년 전에도 나이 듦과 죽음에 대해

일생을 바쳐 고민한 남자가 있었습니다.

바로 프랑스의 대표 사상가 몽테뉴입니다.

전쟁과 전염병이 계속되던 시대에

사랑하는 주변 사람들을 너무도 많이 잃었던 그는

나이 듦과 죽음에 대해 깊은 통찰을 하고

그것을 '수상록'으로 남깁니다.

우리는 어떤 자세로 나이 듦과 죽음을 마주해야 할까요?

한 주 동안 몽테뉴의 글을 읽으며

나이 듦과 죽음에 대해 생각해보면 좋겠습니다.

나이 듦과 죽음에 관하여

미셸 에켐 드 몽테뉴
1533년 2월 28일~1592년 9월 13일

-책세상-

우리는 완전히 자유로운 자기만의 뒷방을 마련해두고,
그 안에서 참된 자유와 은둔과 고독을 확보해야 한다.

책과의 교제는 꾸준히 그리고 매우 쉽게
누릴 수 있다는 고유한 장점을 지닌다.
그것은 인생행로에서 줄곧 나와 동행하고,
어디를 가든 나를 도와준다.

죽음이 어디서 우리를 기다리는지 알 수 없으니,
어디서든 죽음을 기다리자. 죽음에 대해 미리 생각하는 것은
자유에 대해 미리 생각하는 것이다.

죽는 법을 배운 사람은 노예 상태에서 벗어난 사람이다.
생명의 상실이 나쁜 것만은 아님을 깨달은 사람에게
인생에서 나쁜 것이란 아무것도 없다.

자기 존재를 있는 그대로 누리는 것이야말로
절대적인 완성이며, 신적인 완성이다.

내가 보기에 가장 아름다운 삶은
보편적이고 인간적인 본보기를 따르는 삶,
질서가 있으면서 특별함도 괴상함도 없는 보통의 삶이다.

노화를 겪으며 조금씩 죽어온 덕분에
마지막 순간에 죽음이
완전하지도 고통스럽지도 않은 것이다.

예언자 알무스타파가 열두 해 동안이나 기다리던 배가
마침내 오팔리즈 항구에 들어오고 있습니다.
오팔리즈 사람들은 떠나려는 그를 붙잡으며
마지막으로 진리를 전해달라고 청하죠.
작가 칼릴 지브란은 예언자의 입을 통해
사랑과 결혼, 기쁨과 슬픔, 이성과 열정 등
인생을 관통하는 메시지를 전합니다.
20세기 영어로 출간된 책 중 성경 다음으로 많이 팔린 책,
허기진 영혼을 잠재우는 잠언서,
영혼의 작가 칼릴 지브란의 《예언서》에는
어떤 통찰이 담겨 있을까요?
한주 내내 칼릴 지브란의 문장을 곁에 두면
인생은 깊어지고 마음은 풍요로워질 것입니다.

예언자

칼릴 지브란
1883년 12월 6일~1931년 4월 10일

-더클래식-

고통은 깨달음을 둘러싸고 있는 껍질이 부서지는 것.
과일의 씨가 햇빛을 보려면 부서져야 하듯이,
그대들도 고통을 맛보아야 합니다.

마음을 주되 마음을 가지려 하지 마십시오.
생명의 손길만이 그대들의 마음을 소유할 수 있습니다.
함께 서 있되 너무 가까이 서 있지는 마십시오.

친구는 그대들의 공허함을 채우는 존재가 아니라
그대들의 부족함을 채우는 존재가 되어야 합니다.

받는 사람인 그대여, 그대들은 하나같이 받는 사람들입니다.
그러니 감사의 무게를 가늠하여 스스로에게,
또 주는 자에게 멍에를 짊어지게 하지 마십시오.

사랑이 그대에게 손짓하거든 그를 따르십시오.
그 길이 험난하고 가파르다 해도.

그대들은 일하면서 이 땅의 머나먼 꿈의 조직을 만들 것입니다.
그 꿈은 태초에 태어날 때부터 그대들에게 주어진 몫이었으니,
쉬지 않고 일할 때 진정 삶을 사랑하는 것입니다.

이성과 열정은 바다를 항해하는 영혼의 방향타와 돛입니다.
방향타나 돛이 부러지면, 그대들은 내던져진 채 떠돌거나
바다 한가운데 꼼짝없이 멈춰 있어야 할 것입니다.

빌리 본즈 선장의 보물 지도를 얻게 된 짐 호킨스.
그는 보물을 찾아 모험을 떠납니다.
항해 중이던 어느 날 사과 통 속에 들어간 짐은
다른 선원들이 반란을 꾀한다는 것을 우연히 듣게 되죠.
보물을 둘러싸고 쫓고 쫓기는 사투를 벌이는
해양 모험 소설의 고전《보물섬》은
작가 스티븐슨이 아들과 함께 그림을 그리며 놀다가
우연히 그린 지도를 보고 영감을 얻어 지은 작품입니다.
보물 지도, 선상 폭동, 젊은 영웅의 배짱과 도전 정신 등
읽을거리가 가득한 이 작품은 이중성을 지닌
악당 존 실버를 통해 인간의 복잡한 본성을 보여주죠.
뛰어난 성격 묘사와 박진감 넘치는 이야기 구성으로
백 년이 넘게 전 세계 독자들의 사랑을 받아온《보물섬》.
이번 주는 해양 모험 소설 속으로 들어가봅니다.

보물섬

로버트 루이스 스티븐슨
1850년 11월 13일~1894년 12월 3일

-열린책들-

이제 나도 범선을 타고 바다로 간다. 호각을 부는 갑판장과 머리를 땋아 내리고 노래하는 뱃사람들과 함께 바다로, 이름 모를 섬을 향해, 그리고 그곳에 묻혀 있는 보물을 찾으러!

온갖 옛 모험담을 옛날 방식 그대로 다시 들려준다면,
예전에 내가 그 이야기를 듣고 즐거워했듯이
오늘날의 지혜로운 젊은이들도 즐길 수 있으리라.

수영을 하고 나무에 오르고 염소를 사냥하고,
염소처럼 산에 오르기도 하고.
야, 다시 젊어진 기분이 드는걸.

항해사는 고독해야 합니다.
일반 선원과 함께 술을 마시거나 해서는 안 됩니다.

젊다는 것,
그리고 발가락이 열 개 다 있다는 건 좋은 거야,
암만, 그렇고말고.

지난 30년 동안 바다를 누볐어. 좋은 것도 보고 나쁜 것도 보고
더 좋은 것도 보고 더 나쁜 것도 보았고,
좋은 날씨 궂은 날씨 다 겪어봤고, 별별 일을 다 겪었지.

보물을 이렇게나 모으기 위해 얼마나 많은 희생을 치렀을까.

또 얼마나 많은 피와 눈물을 흘리게 했을까.

얼마나 많은 치욕과 거짓과 잔인무도한 짓들을 저질렀을까.

'죽는 날까지 하늘을 우러러 한 점 부끄럼이 없기를…….'
한국인이라면 누구나 읽어봤을 윤동주의 〈서시〉입니다.
술 담배도 모르는 순둥이에 돈을 빌려달라고 하면
손목시계까지 풀어줄 정도로 마음이 여렸던 그가
일제의 억압에도 꿋꿋하게 지켜나간 게 바로 '시'였죠.
살아생전 시집을 내고 싶었지만
감옥에서 외로이 생을 마감해야 했던 윤동주.
죽고 3년이 지나서야 친구들이 시를 모아 시집을 내주었습니다.
바로《하늘과 바람과 별과 시》입니다.
현실은 답답한데 바꿀 용기는 나지 않을 때,
애써 결심한 초심이 흔들릴 때,
윤동주의 시를 읽어보세요.
'겨울이 지나고 나의 별에도 봄이 오듯'
희망을 발견하게 될지도 모릅니다.
오늘밤에도, 별이 바람에 스치웁니다.

하늘과 바람과 별과 시

윤동주
1917년 12월 30일~1945년 2월 16일

-더스토리-

가슴속에 하나둘 새겨지는 별을 이제 다 못 헤는 것은
쉬이 아침이 오는 까닭이요, 내일 밤이 남은 까닭이요,
아직 나의 청춘이 다하지 않은 까닭입니다.

풀 한 포기 없는 이 길을 걷는 것은

담 저쪽에 내가 남아 있는 까닭이고,

내가 사는 것은, 다만, 잃은 것을 찾는 까닭입니다.

내일이나 모레나 그 어느 즐거운 날에
나는 또 한 줄의 참회록을 써야 한다.
그때 그 젊은 나이에 왜 그런 부끄러운 고백을 했던가.

별을 노래하는 마음으로
모든 죽어가는 것을 사랑해야지.
그리고 나한테 주어진 길을 걸어가야겠다.

인생은 살기 어렵다는데
시가 이렇게 쉽게 쓰여지는 것은
부끄러운 일이다.

소리 없는 북,
답답하면 주먹으로
뚜다려보오.

나는 나에게 작은 손을 내밀어
눈물과 위안으로 잡는 최초의 악수

'나'는 심장병 때문에 몸을 움직이지 못하는 소녀 마리아와
신분과 육체의 문제를 극복하고 서로의 사랑을 확인합니다.
하지만 죽음이라는 약속된 이별 앞에서
두 남녀는 무엇을 더 할 수 있을까요?
그들은 삶이 끝나기 전 서로 사랑을 증명하려고 노력하죠.
마침내 '나'는 혼자 남게 되고
'함께할 수 없는 사랑이 가능할까?'라는
질문에 답하며 사랑을 깨달아갑니다.
《독일인의 사랑》은 막스 뮐러의 유일한 소설로,
사랑에 대한 가장 아름다운 고전으로 불립니다.
사랑을 정의하는 것은 쉽지 않죠.
이번 주에는 사랑을 찾고 싶은 사람에게
길잡이가 되어줄 따뜻하고 깊이 있는 문장을 만나봅니다.

독일인의 사랑

막스 뮐러
1823년 12월 6일~1900년 10월 28일

-더클래식-

인생에서는
무더운 여름에도, 우울한 가을에도, 추운 겨울에도
이따금 봄날이 찾아온다.

우리는 일어서기, 걷기, 말하기, 읽기를 배우지만
사랑은 배울 필요가 없다.
사랑은 생명처럼 태어날 때부터 우리 안에 있다.

인생의 강이 흐르는 한 그것은 늘 같은 강이고
변하는 것은 오직 강변의 경치뿐인 것 같다.

넷. 겨울을 쓰다

들에 핀 꽃에게 왜 피었냐고 물어봐.
태양에게 왜 햇빛을 비추냐고 물어봐.
내가 너를 사랑하는 건 그럴 수밖에 없기 때문이야.

사람이란 어릴 때부터 새장 속에서 살도록 길들여졌나 봅니다.
그래서 자유로운 몸이 되어도 날개를 감히 펴지 못하고 조금만
높게 날아올라도 어딘가에 부딪칠까 봐 겁을 내는 것 같아요.

사랑하고 있다는 것을 깨닫지 못하면
사랑받는 것도 모를 것 같아.
사랑을 깨달은 사람이라도 자신이 사랑을 믿는 만큼만
다른 사람의 사랑도 믿을 수 있을 거야.

인간은 어째서 오늘이 마지막 날일 수도 있다는 생각을 못할까?
시간을 잃는 것은 영원을 잃는 것과 같다는 사실을 모를까?
자신이 할 수 있는 최선과
누릴 수 있는 최고의 것을 다음으로 미룰까?

사람의 마음을 그대로 말로 옮길 수는 없는 일이다.
한없는 기쁨 혹은 슬픔의 순간에 홀로 연주하는
'말없는 생각'이라는 곡이 누구에게나 있는 법이다.

—

아직 남은
이야기

책속의 한줄

책을 사랑하는 사람들이 모여서 만든 도서 소개 전문 회사이다.
매일 새로운 책을 읽고 책 속의 가장 귀한 말과 예쁜 생각들을
독자들에게 소개하는 일을 한다.

카카오스토리, 페이스북, 카카오톡 플러스친구
인스타그램, 네이버 블로그, 안드로이드앱

씀

초판 1쇄 발행 2016년 12월 27일
초판 2쇄 발행 2017년 1월 25일

지 은 이   책속의한줄
펴 낸 이   장영재
편   집   백수미, 서진
디 자 인   고은비
마 케 팅   남성진, 이혜경
경영지원   마명진
물류지원   한철우, 노영희
책한줄팀   신현진, 윤용환, 윤소현
          조원섭(표지디자인)

펴 낸 곳   (주)미르북컴퍼니
자 회 사   더스토리
전   화   02)3141-4421
팩   스   02)3141-4428
등   록   2012년 3월 16일(제313-2012-81호)
주   소   서울시 마포구 성미산로32길 12, 2층 (우 03983)
이 메 일   sanhonjinju@naver.com
카   페   cafe.naver.com/mirbookcompany